인생이
시詩답지 않아서

한 방울의 이슬에서도 시를 찾는 人

유영만

21세기북스

유영만의 낯선 시작(詩作)··

시작(始作)하지 않으면

시작(詩作)도 되지 않습니다

시름으로 뒤척이는 서글픈 저녁 바다

서러움보다 먼저 다가와 되감기는 새벽안개

버티다 끝냈다고 생각했지만 끊기지 않는 인연

빈 잔에 갇힌 사연, 달빛에 녹아드는 까닭은?

절망의 뒤안길에서 오랫동안 서성거리다

우연히 마주친 몇 개의 단어가 웅성거리더니

주어와 목적어가 뒤바뀐 채 건축된 한 문장

그 사이로 무수한 그리움과 회한의 강이 흐르는 까닭은?

소소했던 당연함에 물음표가 달라붙어

사소한 일상에서도 비상하는 느낌표를 찾아

버려진 말을 찾아 모아 저마다의 비밀을 밝혀 보지만

상식을 뒤덮은 몰상식은 여전히 식상함을 배반하는

까닭은?

고백했는데 자백이라고 우기는 바람,

최선의 바다에서 최고라고 유영하다

최악의 선택이라고 우기는 허기진 파도에게

식지 않은 식빵을 건네주며 달래 보지만

무심결에 부서진 밀가루의 사연에 주목하는 까닭은?

타성과 관성에 젖은 언어를 세탁,

옥상 빨랫줄에 매달려 바람을 맞이하지만

배반당한 언어는 반항의 깃발을 내리지 않고

어둠의 그림자를 짓밟으며 새벽을 잉태하는 까닭은?

산문으로 시를 쓰는 『롤리타』의 작가

블라디미르 나보코프처럼 말하는 작가를 만나도

불안감은 가시지 않고 불확실성의 시간이 급습,

어떤 시 쓰려는 마흔의 마음이

절반의 나이 속으로 들어간 까닭은?

어둠의 이불을 덮고 뒤척이며 기다리다

새벽이슬이 먼동의 체온에 녹아내려도

이미 정해진 쓰임새를 거부하고

명사를 동사로 바꾸어 미끄러지는 의미를 붙잡는

까닭은?

기약이 없는 이별이 매일같이 반복되고

가망이 없는 미래가 무겁게 앞을 가려도

멈춤은 미덕이 되지 않음을 믿으려는 발버둥,

결코 실마리가 보이지 않는 질문이

고독의 임계점을 넘어서려는 움직임을 보여 주려는

까닭은?

눈여겨보지 않는 비루한 인생의 뒷골목

아무도 듣지 않는 비틀거리는 중얼거림

일요일 오후 햇살에서 월요일을 걱정하는 부질없음

그럼에도 불구하고 가당치도 않은 미래를 함부로
염탐한 까닭은?

올려놓은 무게에 눈금이 흔들리는 저울의 운명
서릿발에 박혀 버려 동사한 시의 차가운 마지막
숱한 넘어짐과 자빠짐으로 생긴 만남의 얼룩
이 모든 절망의 언어를 희망의 단어로 바꾸려는 까닭은?

성공담에 젖어 담에 걸린 사람들의 허망
실패담에 짓눌려도 담을 넘어서려는 야망
먹이를 잡아먹는 짧은 순간의 긴 기다림의 축적
그 순간에도 시를 놓지 않고 놓치지 않으려고 안간힘을
쓰는 까닭은?

바람에 흔들리며 스스로 자기 몸을 가눌 수 없는 갈대의
설움

마침표를 찍고도 끝났음을 모르는 문장의 아쉬움
쌓인 눈 속의 고독으로 파고드는 햇빛의 야속함
그 사이에서 시인은 여전히 갈 길을 몰라 떨고 있는
까닭은?

느닷없이 다가오는 저마다의 끈질긴 내력들
벼랑 끝의 절박함에서도 낭떠러지기를 굽어보려는
몸부림
밤잠을 설치면서도 언제 급습할지 모르는 영감의
야속함
새벽안개 걷히기 전에도 저릿저릿하게 시심이
꿈틀거리는 까닭은?

하기 싫을 때도, 써 보고 싶어 미칠 지경이어도
오늘도 빚으로 쌓여만 가는 대출받은 언어에서
우울함의 그림자에서 빛나는 자아를 찾아내고

존재를 증명하는 엄중한 자세를 잃지 않는 까닭은?

무의미의 텃밭에서도 의미를 채굴하려는 불길
어디로 데려갈지 모르는 암담한 언어의 막막함
고뇌의 빗장을 열어도 나오지 않는 문장의 비장함
먼 산을 바라보며 그분을 기다려도 결코 다가오지 않는
까닭은?

시를 쓰고 싶은 욕망이 좌절되고
시인(詩人)이 될 수 없음을 시인(是認)했으면서도
능력이 없음을 고통스럽게 수용한 후 내린 결론,
산문으로 시를 써도 된다고 스스로를 위로해 준 까닭은?

얼떨결에 실수하고 지나치고
무심결에 소중함을 흘려보냈어도
바람결처럼 눈감아 주고

아침결처럼 영롱함을 잃지 않는 사람

잔물결처럼 작은 파장을 몸으로 간직하고
나뭇결처럼 흔들려도 자기 길을 가며
비단결처럼 얼룩에서 무늬를 직조하는 사람

미심결에 놓여도 마음을 다잡고
엉겁결에 말실수를 해도
금물결처럼 따뜻하게 체온을 높여 주는 사람

기승전결(起承轉結) 한결같은 사람
그 사람이 바로
잠결에 잠꼬대를 하고
복잡한 사안을 척결하지 못해도
물결처럼 유연하게 흐르며
모두가 그리워하는 마음속의 시로 귀결시키는 사람

다수결을 무조건 따르지 않고
소수 의견에 귀 기울이며
대결하는 갈등 상황에서도 해결의
실마리를 존중해 주며 알 수 없는
수많은 까닭에 물음표를 던지는 사람

그 사람이 바로 시인(詩人)이 될 수
없음을 시인(是認)한 사람이지만
그럼에도 시작(詩作)하지 않으면
시작(詩作)도 되지 않는다고 믿으며
시인이 되기를 꿈꾸는 사람입니다.

목차

당신은
되돌아보았지만

출처를 알 수 없는
발걸음입니다

당신은 탄생의 출처를 확인할 길은 없으나
세상으로 던져진 한 생명이
60년대 초에 있었음은 분명한 사실이 되었고
지금은 현실이 되어 진실을 밝히는
진리의 파수꾼으로 살아갑니다.

삶의 허기진 궁핍함에는
다르게 형언할 언어를 찾을 수도 없으며
첨언할 각주에 담을 내용조차 없지만
삶의 모든 순간을 견뎌 내면서
원인을 알 수 없는 외로움의 촉수가
온몸을 따라 흐르는 족적은 숨길 수 없습니다.

당신은 연초록으로 시작하는 새봄의 설렘보다
녹음으로 점철된 여름이 맞이하는
가을날의 은행잎이었으며

열정이 불타다 남은 여름의 말들이
가을 단풍잎에 새겨졌지만
어디로 가야 할지 주소를 찾지 못하고
흩날리는 낙엽입니다.

당신은 우울의 그림자가 느닷없이 다가와도
군말 없이 갈 곳을 찾아 항해하며
뜨거운 몸을 식히는 차가운 맥주를 마시다,
혹한과 한파에 떨고 있는 몸에게
뜨거운 사케를 주입하며
냉정과 열정을 넘나드는
알 수 없는 경계선입니다.

당신은 건드리면 슬픔의 세레나데가 울리고
말이 되지 않는 한 편의 시로 승화되기도 했지만
그게 무슨 말인지 지금 번역을 시도해도

의미 해체는 영원히 불가능하다는 듯

그저 몸이 움직이면 정신도 따라 움직이는

알 수 없는 물음표입니다.

당신의 모든 족적이 다 음악이고 그림이지만

아직도 삶에 대해선

숙제 검사를 받아야 하는 저학년이며

여전히 험담하는 비난의 화살에 상처받고

의견이 맞지 않는 사람을 만나면

뚜껑이 열리는 철부지입니다.

당신은 시름을 부둥켜안고 하룻밤을 지새워도

낙엽에 쌓인 서글픈 그리움은 여전히 추위에 떨며

추억의 백지에 번역되기만을 기다리는

알 수 없는 시 한 구절입니다.

한 줄에 담아낼 수 없는 당신 삶의 의미는

오히려 행간과 행간 사이에서

끊임없이 불협화음의 유령처럼 떠돌며

겨울이 와도 떨리는 문풍지만 바라보는

애처로운 눈빛입니다.

당신은 흰 속살을 드러낸 채 책상 위에서 불펜을

기다리는

메모지의 지루한 공백에도 행복감은 머물고

밤새 내린 된서리에도 아랑곳하지 않고

한낮의 열기를 그리워하는

이름 모를 풀잎의 가냘픈 미소입니다.

당신은 달빛에 목욕하며 새벽이슬을 맞아

물안개를 만난 강물이 밤새 작곡한

새벽의 환상 교향곡이며

뒷굽이 다 닳은 고독한 신발을 신고
여전히 갈 길이 먼 다급한 마음 억누르며
다시 분발하려는 바람의 여행자입니다.

당신은 새봄에 피어나는 아지랑이 타고
허공에 몸을 던져도 두렵지 않은 어릿광대이며
밀려오는 파도에 몸을 던져
바다에게 술 한 잔 사주고 싶은 철부지 예술가입니다.

당신은 지나가는 바람을 붙잡아 노래를 만드는
작곡가이고
떠도는 구름이 남긴 얼룩으로 무늬를 그리는 화가이며
흔들리는 나뭇가지가 하고 싶은 말로 문장을 건축하는
소설가이자
아스팔트를 뚫고 지상으로 용솟음치는
한 포기 풀의 찬가를 언어로 번역하는 시인입니다.

당신은 비바람에 몸을 가누지 못하고 어쩔 줄 모르는

들깻잎에도 입맞춤하고 싶은 디오니소스이며

저녁이면 광기가 발동되어 야상곡에 맞춰

몸이라도 흔들고 싶은 그리스인 조르바입니다.

틈날 때마다 가방 한가득 자연이 주는 어휘를 싣고

산등성이를 따라 계곡을 타고 오르내렸지만

당신이 느낀 서늘한 외로움은

어떤 언어로도 포착되지 않았고

시도 때도 없이 찾아드는 절망의 노을이

저녁 하늘을 수놓을 때에도

당신은 희망의 언어로 얼룩진 행간에서

의미를 채굴합니다.

매번 맞이하는 당신의 아침이

경이로운 기적일 수는 없어도

보잘것없는 보행이 어느 날 자신도 모르게

위대한 행보로 다가오는 기적을 믿으며

바람 타고 쓸려간 상처 속의 신음도

내 인생 악보를 구성하는 찬란한 슬픔의

화음으로 재생되는 위력을 믿습니다.

폭설에 새겨진 고단한 생의 발자국이

휘몰아치는 바람에 지워져도

새벽 찬 이슬 맞으며 땅바닥에 엎드려

그 자리를 지키는 족적이

오늘을 살아가는 당신을 만들어 왔습니다.

당신 삶의 뿌리는 산전수전 겪으며 이어지는

땀에 젖은 아픔과 고달픈 얼룩을

새벽이 찬 이슬에 헹구며 맞이하는

먼동의 몸부림이 힘겹게 써 내려가는

장편 대하소설에 흩어져 자리 잡습니다.

인생의 시기마다 당신이 갈아입은

생각의 옷들이 언어의 동맥을 타고 흐를 때마다

삐뚤어진 감정으로 울분을 토하며

험난한 인생 살아갈 길 막막해도

어지러운 언어를 버리고 버려서

삶의 풍파 따라 흐르는 선율을 만들고 그림을 그립니다.

비구름 걷히면서 불쑥 나타나는 햇살이

빨랫줄에 걸린 옷가지에 사연 매달고 사라지지만

무거움을 참지 못하고 숨어 있던 당신은

비가 되어 땅으로 곤두박질치기를 무한 반복합니다.

하늘이 품고 있는 변덕스러운 명령을

따르기에는 여전히 역부족임을 깨닫는 당신을 바라보며

극도의 궁핍 속에서도 눈부신 배경의 몸부림이

허무의 식사를 하는 서늘한 뜨거움은

지금까지 생각해 봐도 잊을 수 없는 전율입니다.

저녁노을이 주고 간 어둠의 이불을 덮고

쟁반 위에 맴돌던 달밤의 낭만을 벗 삼아

소나무 가지가 속삭이는 연서와 만나

당신에게 주고 간 혜안과 안목은 여전히

오리무중입니다.

시선은 앞을 향하고 있지만

걸음걸이는 언제나 휘어진 사선이거나 곡선이고

에둘러 말하는 언어로 휘갈긴 바람의 엽서에는

당신의 힘겨운 기침 소리가 저음으로 깔려 있습니다.

우여곡절의 터널을 빠져나온 경험의 의미는

해독 불가능한 문자지만 그래도

폭풍우나 비바람에게 묻고

먹구름 속에 숨어 있는 태양에게 물어보면

흐릿한 글씨가 품은 당신의 속뜻을

알아차리려는 발버둥은 아직도 계속되고 있습니다.

여전히 주변에는 쓰다 남은 메모장에

그리움 한 조각 바스락거리고

찢어진 노트에 담긴 서글픔 한 페이지에는

괴로울 때마다 바람에 싣고 다가오는 당신의 경험이

오늘도 쉬지 않고 씨줄과 날줄로 직조되어

언제 펼쳐질지도 모른 채 꿈틀거리고 있습니다.

모든 페이지마다 당신의 낯선 생각을 잉태한 글자들이

낯선 물음표를 품고 세상으로 출근을 반복하지만

관능적 깨달음과 찰나적 다정함을 품은 생각의 자손은

언제 출산할 수 있을지 여전히 미지수입니다.

기다림에 지친 당신의 글자들이 며칠째

밤샘 시위로 피곤함에 젖어 문장을 건축하고 있지만

새로운 지식을 잉태할수록 지식 입덧은 심해지고

비위에 거슬리는 지식만 주변에 산재합니다.

고난과 시련의 방파제만 만들어 놓고

파도치는 물결만 관망하던 당신은

갑자기 찾아드는 뒤늦은 오후에

내일도 꿈꾸게 될 아슬아슬한 기적만 상상할 뿐입니다.

살아온 모든 책의 페이지마다

우여곡절의 악보로 채워진 한 권의 책을

밤새 온몸으로 읽어도 다 읽지 못하고

여운이 페이지마다 감도는 불멸의 습작은

당신에게는 영원히 완성할 수 없는 미완성입니다.

창문을 두드리는 빗방울에 시름을 희석해

샛별을 위한 아침을 오늘도 준비하지만

어두워야 읽히는 당신의 문장들은

하늘의 명령에도 불복하지 않고

구름이 안내하는 길로 총총 걸음 내디디며

두려운 불확실성 앞에 도전하는 상상 여행을 떠납니다.

한때는 비루했지만 비장한 각오를 품고

비상하는 비전을 잉태한 돋을새김의 순간은

생각의 물구나무를 서는 디딤돌의 추억이었으며

태생적 아픔과 존재론적 슬픔도

당신의 삶을 놓아 버리게 만드는

그리움의 미학이 되기를

생일날 아침 서늘한 뜨거움으로 갈구합니다.

당신은

찰나적 다정함으로

하얀 밤을

지새우는 문풍지입니다

당신은 등 뒤가 보이지 않아도

세상의 어둠을 등지고

한숨으로 얼룩진 누군가에게 등 대며

몸 밖으로 빠져나가려는 정신에게

하염없이 내뱉는 하소연입니다.

당신은 발밑 격랑의 물결을 보고도

두려움에 떨지 않고 먼 산을 바라보며

외나무다리의 외로움과 고독을 벗 삼아

지나가는 바람에도 의지하지 않는

물가의 흔들리는 갈대입니다.

당신은 끝없이 밀려오는 폭우 소리에 묻혀

침묵의 향연에도 아랑곳하지 않고

들켜 버린 마음을 휘어잡고

기약 없이 기다리는 긴장감 사이로

몸을 던지는 하얀 폭포입니다.

당신은 내리막길에서도 한숨 쉬지 않고
절망의 밑바닥에서도 버티는 횡격막의 발작이며
정처 없어 떠돌다 나뭇가지에 걸린
바람 한 점이 흐르는 물결을 바라보며
뇌까리는 알 수 없는 세월의 무게입니다.

당신은 모래알이 품은 그리움을 긁어내
새벽 먼동의 기적이 품은 비밀을 밝혀내며
처절함과 처연함 사이에서
처참함으로 전락하지 않으려고
몸부림치는 언어 채굴 광부입니다.

당신은 삭풍과 파도가 괴롭히는 방파제 뒤에서
세월의 주름을 타고 날아온 바람의 엽서에

힘겨운 한숨 소리 그리움에 묻혀 담아내다
낯선 생각을 품고 방황하다 만난
우여곡절의 물음표입니다.

당신은 석양이 품은 하품을 온종일 해석해서
관념으로 넘어진 벼의 아픔을 이해하려다
한파에 동사한 낙엽의 사연을 생각하며
창문을 두드려 과거의 서글픔을 날려 버리려는
소리 없이 휘두르는 허공의 펀치입니다.

당신은 꺼져 가는 불길 위에서
정적을 깨며 달려오는 한밤의 공허가
뜬눈으로 지새운 어젯밤의 그리움을 만나
살갗을 파고들며 안타깝게 식어 가는
잊을 수 없는 차가운 마주침입니다.

당신은 적막을 뚫고 달리는

비애 한 페이지의 아픈 추억이

반딧불에 부딪혀 주변을 서성이다

잠복근무 중이던 냇물 위의 별들을 만나

안간힘으로 버티며 눈물을 희석하는

걷잡을 수 없는 새벽의 먹구름입니다.

당신은 예고 없이 들이닥치는 재채기가

한 많은 세월의 숨결을 움켜잡고

새벽 찬 이슬의 서슬 퍼런 다짐과 느닷없이 만나

오도 가도 못하는 딜레마에서

한탄만 반복하며 어쩔 줄 모르는

어설픈 희망의 발걸음입니다.

당신은 달빛에 가려

차마 눈으로 볼 수 없는 바람의 그림자가

느긋하게 기다리는 새벽의 깨우침을 만나

애처로운 눈길에 한없이 떨기만 하다

찰나적 다정함으로 하얀 밤을 지새우는 문풍지입니다.

당신은 달력 속에 이력을 담아내려고

버티기 힘겨운 자기 반경을 그리며

시간의 족적을 따라가는 그리움 악보에

춤추는 곡선의 질문으로

스치는 바람에도 머리카락 휘날리며

갈피를 잡지 못하는 풍향계입니다.

당신은 외딴집 양철 지붕 위로 쏟아지는 소낙비가

숨죽이며 기다리던 매미의 울음소리에 잦아들다

어슬렁거리다 삐딱하게 다가오는 게으름을 안아 주는

어디론가 흩어질지 모르는 불안한 새벽안개입니다.

당신은 나비의 급습으로 꽃가루를 빼앗기는 순간
느닷 없는 공격으로 쩔쩔매는 난처함이
거처를 찾아 헤맬 때 한심한 상투성을 거부하고
낯선 마주침을 즐기는 비바람입니다.

당신은 꺼져 가는 불꽃 사이로 내쉬는
불안한 마지막 숨이 한 생애를 거두며
허공 속으로 사라져 버리는 순간
여전히 피어오르려는 불씨의 몸부림으로
세상과 결별을 선언하는 고독한 방랑객입니다.

당신은 새벽의 절망이 어둠을 밀어내고
적막한 고독을 붙잡으려 아등바등하는 순간
갈대에 걸린 아스라한 이슬방울을 훔쳐보며
철 지난 눈길로 세상의 고달픔을 알아보려는
순진무구한 동심의 다른 이름입니다.

당신은 기지개를 켜려던 질경이의 시치미에

마음을 휘젓는 시금석 같은 시 한 구절로

시나브로 맞장구쳐 보려는 불판 위의 삼겹살이며

장대비가 허공을 뚫고 궤적을 만들어도

삶의 얼룩을 무늬로 직조하는

한적한 골목길의 현수막입니다.

당신은 서릿발 강추위에도 내장은 감추고

살아온 생의 모든 순간을 벼랑길에 몰아세워

단풍잎에 새겨진 그림으로 추억하며

찢어진 화폭에도 울지 않고 먼 하늘을 직시하는

아픔에 겨워 어쩔 줄 모르는 눈시울입니다.

당신은
서글픔의 연못이자

그리움의
텃밭입니다

자투리 시간에도 바람에게 하소연하지만

손톱만 한 희망의 꼬리를 잡고

경칩을 간신히 지나며 한눈팔다 만난

당신은 힘겹게 언덕을 오르며

한겨울에도 뜨거운 배기가스로

세상의 온도를 높이는 낡은 트럭의 몸부림입니다.

살아가는 일이 힘겨워

살아 내기 위해 진저리의 바다에서

실마리를 잡고 진리를 캐내려는 당신의 몸부림은

먹이 제 살을 갈아 한 획을 그으며

족적을 남기려는 안간힘입니다.

계단을 수직 상승할 수 없어서

단계적으로 올라가다

무릎에 걸린 하중이 내뱉는 신음에 놀란

당신은 높이 올라갈수록 책임이 막중함을 깨닫고
자기 무게를 이겨 내지 못하고
서러움에 밤새 우는 눈물겨운 한걸음입니다.

길모퉁이에 돌아가다 수줍은 듯 피어나는
구절초의 우여곡절 삶에 눈길이 간
당신은 으스러지도록 빛나는 달빛의 우수에
가쁜 숨을 몰아쉬며 밤길에도 재촉하며
새벽을 잉태하는 적막한 방랑객입니다.

절뚝거리며 다가서는 어둠의 불빛에
한 글자라도 더 보겠다고 활자의 바다에서
표류하던 당신은 언제 나올지 모를 결론 앞에서
서성거리며 구슬프게 내리는 소낙비에 젖어 드는
어쩔 수 없는 어제의 추억 한 페이지입니다.

언제 걷힐지 모를 먹구름 속에서

시름시름 세상의 아픔을 온몸으로 앓던

당신은 비구름으로 돌변해도 당황하지 않고

수직 낙하의 위험을 무릅쓰고

막막한 세상을 건너가며

대책 없이 등불을 밝히는 철부지 예술가입니다.

비에 젖은 낙엽이 어쩌다 맑은 하늘 공기 마시며

바싹 마른 희망의 전주곡을 듣고 있을 때

당신은 바스락거리며 들려주는 소리에 놀라

뒤꿈치에 실려 닳고 닳은 삶의 무게조차

팽개치고 어제를 살았던 추억으로

오늘을 버텨 보려는 앓음다운 일기장입니다.

허공에 매달린 고독의 손길을 붙잡고

혹한의 눈보라와 한기도 잊은 채

아직 깨어나지도 못한 새벽잠에게

안부 물어보던 당신은 바람결에 날아가다

아스라한 높이에서 뛰어내리는

새벽의 찬 이슬입니다.

외로움도 숙성되면

나뭇가지에 매달려 고독이 된다며

휘둘리는 바람의 절규에 빠져드는

당신은 간절함의 무게도 울부짖음에 견디지 못하고

허기 속에서도 용기를 발휘해 보려는 진저리 속에서

스치다 결국 스며드는 속 깊은 문장과 문장의

행간입니다.

기대를 했지만 시간 속에서 숙성되어도

희망보다 절망과 원망으로 얼룩진 삶을 한탄하던

당신은 타성과 고정관념을 버리고 버리다

몸의 구석구석 박히는 깊은 상처의 통곡에

아랑곳하지 않고 안으로 말아 넣어

앓음다운 나이테를 만들어 내는 오기의 나무입니다.

어디로 갈지 오르는 막막한 암담함에

살아갈 길의 방향을 바람의 혀로 더듬다

문득 생각에 잠긴 당신은

갖가지 희소식을 품고

빨랫줄에 걸려 기웃거리던 새벽의 절박함이

배달되는 신문지에 누워 자는 한순간의 휴식입니다.

수소문을 다해도 먹고살 길을 찾지 못하던 차에

불어제치는 바람에 모른 척 숨소리 죽이며

제 살을 태워 지금 여기를 밝히는 촛불에

빠져 버린 당신은 되새김질하며

지금 여기서의 삶의 의미를

침묵을 깨는 목소리로 물어보는 외마디 비명입니다.

변함없이 바위에게 다가와 몸을 풀던 파도가
바위의 무뚝뚝함에 상처받으며
그물코에 걸린 사투의 외피에 주목하다 누군가를 만난
당신은 언제나 시시각각 난파되는 파도의 위용 때문에
숨기고 숨죽이다 걸린 새벽의 위대한 창작자이며
땀 흘리며 봉사하는 이름 모를 쭈글쭈글한 기억입니다.

정리 해고 통지를 받고 절망적인 절벽에 서 있다
만난 절벽의 소나무가
새벽의 기적을 바라며 위용을 자랑하다 마주친
당신은 그 순간 지나가다 바람에 멱살 잡힌
어제의 추억이 기억을 더듬다 만난
숙연한 반성이자 속 깊은 성찰입니다.

먼 산을 바라보다 먼지에 뒤덮인 시선을

깊은 상처로 옮겨 가 바라보다 우발적으로 마주친

당신은 언저리에서 동심원을 그리다 동심에 빠진

발걸음의 한탄이며 뿌리 없이 흔들리다

마주친 출구 없는 경탄의 메시지입니다.

곡선의 물음표가 의문을 품고 한낮을 방황하다

통발에 갇힌 오징어의 한 많은 세월에

빠져 버린 당신은 이미 구조 조정의 물망에 오르내리며

목숨이 위태로워 한숨조차 맘대로 쉬지 못하는

웅크린 별들의 향연입니다.

사막에 맞이한 지평선의 침묵이

소멸을 만나 속삭이는 동안

열기와 폭염의 시달림에 몸을 맡긴 당신은

그늘에 가려져 녹지 않고 절치부심하던 잔설이

햇빛의 두려운 출연을 온몸으로 거부하는
오후 세 시의 처절한 항거입니다.

마음에 들지 않아 몸으로 거부하던
낯선 과거의 한 친구가 현재를 점령하며
불구의 몸으로 현재를 지키려던
당신은 발에 밟히던 지난날의 앓음다운
미래의 좌표이자 미지의 하늘을
대각으로 건너는 대책 없는 바람의 용기입니다.

파도가 잉태한 바다의 이름 없는 거품이
갯 내음 한가득 품고 하품으로 전락하기 전에
휘날리는 깃발에 휘말린 당신은
행간 사이에 익어 가는 성숙한 메시지가
차마 할 말 못 하고 안으로 부서지며 숨기는
애달픈 통곡이자 울부짖음의 증표입니다.

언제 끝날지 모르는 터널의 중간에서

성에 낀 마음의 주름을 털어 내며

막막함의 강도를 조정하던

당신은 올곧은 길을 거부하고

우여곡절의 삶을 살다가 우연히 마주친

서글픔의 연못이자 그리움의 텃밭입니다.

가까이서와 멀어서

얕아서와 깊어서

좁아서와 넓어서가 만나

평온함의 여유를 만끽하다

절벽의 소나무가 전해 준

아름다운 조율에 빠져버린 당신은

시간의 모서리에서 안아 주던 시간의 추억 속에

도둑맞은 인생의 한 많은 애당초입니다.

순간적으로 흔들리다 이내 중심을 잡고

세상의 앓음다움을 만끽하다

빛에 눌려 기세가 꺾인 손가락의 움직임에

화들짝 놀라 정신을 차린 당신은

시심에 젖어 밤샘을 거듭하다

힘겨움의 강도를 조절하며 세상을 향해 울부짖는

언어의 향연이자 익숙한 단어들의 낯선 결혼입니다.

당신은 수선화의 울음을 사랑하는

반딧불의 절망입니다

천진난만과 순진무구 사이에서

인생길을 걸으며 삶의 무게에 짓눌린

관절의 삐걱거리는 신음을 무심코 들은 당신은

뒤뚱거리는 걸음으로 누군가에게 다가가는

꼬투리의 희소식이자 자투리의 미련입니다.

난로 위에 끓는 물을 온몸으로 끌어안고

밤새 내뿜는 수증기 소리에 눈을 뜬 당신은

미지의 허공에 눈길을 보내며

알 수 없는 수선화의 웃음을 사랑하는

반딧불의 절망입니다.

눈 녹는 소리에 겨울잠을 깬

연못 속의 한나절 기다림을

반나절의 슬픔으로 바라보는 당신은

외로움의 촉수가 혹한의 밤을 지새워도

견딜 수 없는 응달에 숨은 달빛의 비애입니다.

파안대소하던 밤하늘 벗 삼아

별들이 모여 적막을 깨는 소리에 놀라

한밤중의 선잠을 깬 당신은

창문을 흔드는 바람 하나 붙잡고

흉터의 기쁨을 이야기하는 상처의 낮은

세레나데입니다.

어둠에 묻혔던 생각의 씨앗과

그늘에 묻어 두었던 느낌의 과거가

느닷없이 불어닥친 비바람의 훼방에 망연자실한 순간

당신은 씨앗이 품은 허공의 미래를 상상하는

상처의 거처이자 터전입니다.

두 눈이지만 한 곳을 지향하고

두 개의 귀이지만 같은 소리를 듣는

경이로운 기적을 문득 깨달은 당신은

하나의 입으로 욕설과 욕망을 이야기하고

두 개의 손발로 피곤한 등장과 가벼운 퇴장을

무한 반복하며

지나간 시간에게 안부라도 전하고 싶은

어느 가을날의 편지입니다.

속수무책으로 치솟아 오르는 고사리 줄기가

문득 고개 숙이며 자신을 세상으로 끌어올린

뿌리의 깊이를 생각하다 무심결에 만난 당신은

햇볕에 그을리고 천둥 번개 맞았지만

지나가는 뜬구름이라도 잡아 보려는

봉오리의 아픈 과거입니다.

용기와 사기(詐欺) 사이에 시기(猜忌)가 곁눈질하고

눈길과 눈총 사이에 손길이 손실을 외면한 채

검색대 앞에서 후회를 생각하며 망설이던 당신은

철학의 마사지에 머리 아프고

소설의 애무에 녹아들며

에세이의 유혹에 속수무책으로 무너지는

무책임한 방랑자입니다.

단순 미래의 거울과 의지 미래의 창문 사이에서

답안지에 적으려는 정답이 편지지에 적힐 해답에게

고단한 삶의 의미를 물어보는 순간

당신은 취직보다 취향을 만끽하라고 주장하는

대책 없는 중년의 우발적 마주침입니다.

돌부리에 걸려 넘어져도 흐르는 물줄기를 포기하지 않고

된서리 맞아 살갗을 파고드는 추위가 급습해도

계절의 순환을 믿으며 자연의 비밀을 배우는 당신은

흙탕물 속에서도 단아한 꽃을 피워 내는
연꽃의 위력입니다.

세찬 비바람이 몰아쳐도
씨앗의 무게만큼 줄기차게 기어오르며
불안감을 먹고 자라는 꽃들의 향연에
한눈팔다 빠져 버린 당신은
새벽이슬이 온기 품은 손을 내밀어도
헝클어진 머릿결에서 세상 잡념을 떨쳐 내려는
뜨거운 항거입니다.

절반이 지나가도 여전히 절반은
절망 속에서 희망을 노래하고
폭설이 앞길을 가로막아도 길가의 민들레가
모든 순간의 고독을 끌어안고 깊은 고뇌에 빠져도
당신은 죽어서도 형용사와 부사를 결혼시켜

가슴을 녹이려는 뜨거운 모루 위의 언어입니다.

어제 열었던 열쇠를 자물쇠에 넣었더니
뜻밖의 거부 반응으로 들어갈 수 없는 집 앞에서
기억의 저편을 더듬어 심금을 울리던 음계가
새 주인의 소리를 소환한 당신은
밤잠을 설치면서도 번갯불이 밝히는
아침의 메신저입니다.

상실의 아픔이 실상의 현실과 진실을 마주하며
아무런 예고 없이 아무 때나 들이닥치는 버스 행렬에
정거장에서 추위에 떨던 당신은
고독의 주머니에서 한 가닥 위로의 메시지라도
찾아내려는
언 가슴의 뜨거운 몸부림입니다.

허공을 날아가는 새도 건성으로 날갯짓하지 않고
어떤 파도도 느닷없이 몰려와 물결을 일으키지 않는데
하물며 피고 지는 꽃마저 그냥 피우지 않는 꽃을 목격한
당신은 두려움에도 불구하고
목숨 걸고 허공을 향해 몸을 던지는 꽃씨처럼
우수에 젖은 가을날 흩날리는 낙엽의 고뇌입니다.

아침 햇살이 잠을 깨기도 전에
실낱같은 희망의 줄기에서 번뇌의 무게를 견디며
희망의 야생 곡을 연주하는 당신은
끊어질 듯 통증이 밀려와도
기립근을 곤두세우고 절망의 아편에서
희망의 저편을 꿈꾸는 풀잎의 안간힘입니다.

직유로 표현한 직격탄과 직설적인 메시지가
직선으로 달려가 안겨 준 상처의 깊이에

혼비백산하며 후회의 깃발을 들고 행진하지만
당신은 은근과 은은한 메시지의 뒤안길에 담긴
은유의 위력으로 어둠에 갇혀 빛을 보지 못한
단어들에게
겪어 보지 못한 미지의 창공이 있음을 알려 주고
문장 밖으로 걸어 나와 시위를 일삼는 어설픈
주장입니다.

내가 눈을 돌려 다른 곳에 관심을 갖는 것은
이전과 다르게 세상을 바라보려는 의지의 소선이고
흐르던 물줄기가 머뭇거리지 않고
수십 미터 아래 허공으로 자기 몸을 던지는 까닭은
어제와 다른 시를 쓰고 싶은 당신이
허공에서 낙하하는 꽃잎의 두려움을 읽어 보기 위해
야생화의 삶이 지향하는 앓음다운 가치를
알아보려는 몸서리이기 때문입니다.

당신은
간절한 절망도

바람결에 내던지는
슬픔의 답안지입니다

느닷없이 다가서는 바람의 수줍은 연정

흔들리는 민들레 홀씨 되어 날아가도

언제나 적자에 시달리는 그리움 한 페이지는

당신을 향한 나의 말 못 할 사연입니다.

소낙비 쏟아지니 비 갤 날을 고대하며

쓸려 나간 바닥 위를 서성거리는 멋쩍은 비설거지

눈 감고 하늘 보다 그리움에 포위된 뭉게구름은

당신을 향한 나의 목 잠긴 절망의 그림자입니다.

시드는 꽃잎에 스며드는 저녁노을

천둥과 번개에 기절하다 건진 나뭇가지의 절규

창가에 몰래 두고 간 별들의 대화는

당신을 향한 나의 흔들리는 속삭임입니다.

저녁노을이 건네준 손수건 한 장

밤하늘이 놀란 가슴 쓸어내리며 써 준 생의 시 한 편
얼마 동안 머무를지 모르는 동백꽃의 시드는 순간은
당신을 향한 나의 멈출 수 없는 부끄러움입니다.

새벽길 밝히며 아픔을 더듬는 그림자의 안간힘
눈물에 젖어 드는 소맷자락의 고개 숙인 처량함
기약 없이 날아드는 하소연의 얼룩은
당신을 향한 나의 몸부림치는 한 편의 서사시입니다.

파도의 울음을 말아 뱃머리에 뿌리는 미완성 교향곡
눈발로 뒤덮이는 암흑의 적막한 고요
모래사장에 써 놓고 간 발버둥의 흔적은
당신을 향한 나의 눈물 젖은 망설임입니다.

모루 위에 내맡긴 채 두드림을 견뎌 내는 뜨거운 칼자루
눈보라가 몰아쳐도 가던 길을 멈추지 않는 밤의 적막

어둠에게 입양된 채 갈 곳을 갈망하는 새벽의 고뇌는
당신을 향한 나의 떨리는 눈물과 땀의 서정시입니다.

바람결에 흔들리는 나뭇잎이 품은 박자와 악보
가랑비 무게에도 아랑곳없이 연잎에서 뒹구는 저녁노을
달빛에 익어 가는 한밤중의 세레나데는
당신을 향한 나의 마음으로 읽어 내는 속 깊은
울부짖음입니다.

시간을 잊은 채 허망한 가슴을 쓸어내리는 빈 헛간
지름길로 가도 늘 돌아가며 바닥을 긁는 강물의 흐름
읽고 또 읽어도 해석되지 않는 서글픔의 경전은
당신을 향한 나의 간절한 절망도 바람결에 내던지는
슬픔의 답안지입니다.

아직도 답을 찾지 못하고 헤매는 고개 숙인 물음표

우연을 끊임없이 생산하는 불안한 세계로의 떠남
선 채도 밤잠을 설치며 안부를 전하는 새벽이슬은
당신을 향한 나의 헤아릴 수 없는 발자취의 깊이입니다.

시간의 두께가 축적한 한 많은 마침표의 사연
설렘도 흐르는 시간에 낡아 버린 물음표의 흔들림
하루살이가 멋쩍어 토해 내는 풀벌레의 헛구역질은
당신을 향한 나의 아픈 몰골을 숨기려는 안타까운
항변입니다.

한세상 살다가 살갗에 남겨진 그믐달의 상처
흔들리는 나무에 심어진 어설픈 발자국
촛불을 삼키며 꺼지지 않으려는 붉은 의지는
당신을 향한 나의 소리 없는 추임새입니다.

애간장을 녹여도 채워지지 않는 통장의 잔고

기다려도 저리기만 한 발의 바닥을 향하는 겸손

적막 속에서도 세상을 몸을 던져 불태우는 단풍잎은

당신을 향한 나의 파도가 의미를 불태우다 남긴 바다의

심연입니다.

지나가는 바람 잡아 놓고 침묵만 지키는 갑갑한 하소연

몇 시간째 생각에 젖어 고민해도 해결 기미를 찾지

못하는 가부좌

벼락처럼 다가와 몸을 비벼 불 지르는 성냥의

살신성인은

당신을 향한 나의 땀에 젖은 수묵화의 메시지입니다.

화난 바다 위를 걸으며 사색에 잠긴 달빛

비바람이 스쳐 지나가며 남긴 나뭇가지 사이의 빈 행간

나를 버리고 너를 만나야 내가 된다는 역설은

당신을 향한 나의 현실에 안주하지 않는 경전

해석입니다.

칼바람도 견뎌낸 채 형형색색 피워 내는 국화꽃의 절개

지나가던 비도 흐르던 시냇물도 멈춰 서서 듣는 아찔한 절규

밟히고 밟혀도 다시 일어서는 풀의 참을 수 없는 절망은

당신을 향한 나의 변하지 않는 변방의 변주곡입니다.

눈 덮인 광야의 헐벗은 나무가 작곡하는 겨울 연가

절벽에 터를 잡고 어금니 깨물며 살아가는 천년 적송(赤松)

갈 길을 잃고도 망설이지 않고 정처를 찾으려는 젖은 낙엽은

당신을 향한 나의 신음을 감추려는 신랄한 자기비판입니다.

작열하는 태양 빛 덕분에 어둠을 뚫고 나온 씨앗의 출발

지워진 기억 더듬어 일렬행대로 늘어선 경험의 경전

어설픈 도전으로 희미해진 발걸음만 간직한 미완의

작품은

당신을 향한 나의 숨김없이 드러내려는 뼈 하얀 사투의

흔적입니다.

뙤약볕에도 아랑곳하지 않고 아스팔트도 뚫고 오르는

이름 모를 풀 한 포기

절벽에도 거침없이 뛰어내리는 폭포의 대담한 용기

한사코 발길 가로막아도 지나간 원수까지 포용하는

눈부신 비명은

당신을 향한 나의 찢어진 봉투지만 그럼에도 담아낸

눈물 젖은 편지입니다.

망치에 두드려 맞아도 자기 갈 길로 박혀 버리는 못

끝없이 올라가도 멈추지 않는 담쟁이덩굴

세상의 유혹과 감언이설에도

깊은 고요로 그 자리를 지키는 한숨은

당신을 향한 나의 힘겨움도 넘어서는 사다리입니다.

세월이 흘러도 늘 그 자리를 지키는 구절초

풍문이 돌아도 혹한과 혹서의 날씨도 버리는 설중매

어둠 속에서도 길을 잃지 않는 별들의 향연은

당신을 향한 나의 서글픔을 녹여 내며 떨리는

문풍지입니다.

당신은

그럼에도 불구하고

다가서고 싶은

'다가섬'입니다

담배 연기가 하염없이 하늘을 날고
타들어 가는 담배꽁초가 끝을 보여도
피를 말리는 안타까움을 뚫고
다가서고 싶은 '섬'이 '다가섬'입니다.

그리움 한 벌로 하얗게 밤을 새웠어도
외로움은 입석으로 새벽을 잉태했습니다.
아무 소식 없이 다가오는 먼동을 벗 삼아
그대에게 다가서고 싶습니다.

어둠의 장막이 긴 이불을 덮고 누워 있고
북풍에 위태롭게 흔들리는 등불이 서 있다
좌불안석에 앉아 있는 불안감이 가중되어도
두려움을 뚫고 그대에게 다가서고 싶습니다.

우주 전체의 육중한 무게에도 불구하고

아스팔트의 견고함도 뚫고 일어서는
봄날의 풀잎이 보여 주는 경이로운 기적을 잊지
않겠습니다.
걸림돌에 넘어져도 디딤돌로 바꿔 생각하며
그대에게 다가서고 싶습니다.

빗방울이 차창에 달라붙어 안간힘을 쓰다가
땅으로 내려올 때 속도보다 더 빠르게
한생을 마감한다고 해도
사라짐 속에 간직한 슬픔 한 그루 나무 심으며
그대에게 다가서고 싶습니다.

시간의 점이 희로애락을 겪으며
몸에 남긴 흔적이 씨줄과 날줄로 엮이며
무늬를 만들어 생의 교향곡을 연주한다고 해도
그리움의 심연을 파고들며 그대에게 다가서고

싶습니다.

작열하는 햇볕에 그을려 소금이 탄생하고
한겨울 추위를 이기며 나이테는 난중일기를 쓰고
있습니다.
우여곡절이 남긴 파란만장한 삶은 여전히
오리무중이어도
흉금을 터놓고 이야기하고 싶은
그대에게 다가서고 싶습니다.

하늘이 뚫린 듯 폭우는 멈추지 않고
강물은 범람해서 세상이 혼탁해져도
비 갠 후 맑은 날이 찾아올 날을 고대하며
질펀한 강둑을 걸으며 물 건너가기 전에
그대에게 다가서고 싶습니다.

별들에 바람에 나부끼며 산만한 빛을 발산하고

보름달이 밤하늘에 가려 어둑해져도

초승달이 품은 슬픔을 찾으러

먼 길이 앞을 막아도 그대에게 다가서고 싶습니다.

하늘이 눈보라를 선물로 보내 주고

비바람이 창문을 두드려 선율을 들려주는 사이

먼동이 터오는 아침은 변함없이 변화를 노래하며

밀려오는 어둠의 서글픔을 잊어버리고

그대에게 다가서고 싶습니다.

드러내지 못하는 아픈 사연이 있어도

가슴속에 묻어 둔 잿더미에 불을 붙이며

잊혀 가는 아쉬움의 끈을 붙잡고

그대에게 다가서고 싶습니다.

늦게 온 소식보다 더 늦게 오는 소식을
뒤늦게 알고 후회와 회한이 밀려와도
되돌릴 수 없음을 돌이켜 생각하며
그대에게 다가서고 싶습니다.

서산에 걸려 있는 하늘에 노을이 불타는 까닭은
엄습하는 외로움에 휘말리지 않고
잠자는 기다림 흔들어 깨우려는 몸짓 때문,
달리는 기차에 눈송이가 내동댕이쳐져도
그대에게 다가서고 싶습니다.

안락한 집에 머물지 않고
험난한 강가에 우뚝 서서
흐르는 강물을 다 보내고도 미련 없이
그대가 건너가는 다리가 되어 다가서고 싶습니다.

지나온 발자국 되돌아봐도

걸어갈 길 위에서 앞을 내다봐도

기다렸던 후회가 불안감만 껴안고 나뒹굽니다.

함박눈을 이불 삼아 덮어쓰고 있던 보리밭을 생각하며

한줄기 희망을 가슴에 품고

그대에게 다가서고 싶습니다.

장미꽃이 돋보이는 까닭은

안개꽃이 배경이 되어 준 덕분이고

낙락장송이 절개의 상징이 된 이유는

못생긴 나무가 배경이 되어 준 덕분입니다.

전경을 빛나게 만들어 주는 배경이 되어

그대에게 다가서고 싶습니다.

그리움에 젖은 엽서 한 장 메아리가 싣고 오고

지친 삶에서 터져 나오는 하소연이 바람에 실려

다가옵니다.

땅속 깊은 우울 아지랑이가 퍼 나르고

며칠째 나뭇가지 옆에 외로움이 우두커니 서 있습니다.

더 이상 견디지 못하고 적막을 깨우는 침묵의 아우성

"그대에게 다가서고 싶습니다."

당신은
일생을 버티게 만드는

한
페이지입니다   그리움

브람스의 〈교향곡 4번〉이
현과 플루트와 첼로의 선율을 타고 흐릅니다.
늦가을의 처량한 낭만에 취해
억제할 수 없는 격정으로 파고듭니다.

우두커니 서 있다 불어닥친 바람에 흔들리며
먼 산을 바라보는 갈대가 갈 곳을 잃고 헤맵니다.
라흐마니노프의 〈피아노 협주곡 2번〉이
기울어지는 서쪽 하늘의 노을을 타고
안타깝게 넘어갑니다.

세상은 언제나 고된 여정의 연속이라고 하지만
그럼에도 간절하게 그리운 미지의 세계가 있음에
오늘을 선물로 살아갑니다.
내일은 희망과 격정의 노래로 다가올지
절망과 비탄의 음악으로 변주될지

지금 여기서 알 수 없는 이유는 무엇일까요?

씨앗이 떨어진 그 자리에서 모든 생명체는
목숨 걸고 햇빛이 비추는 쪽으로 기울어집니다.
기울어지는 고통을 참아 가면서도
희망을 포기하지 않는 사연이 궁금합니다.

갈아서 뭉개 버려도 침묵으로 일관하던 순간
뜨거운 물을 뒤집어쓰고도 화상 하나 입지 않고
거품으로 항변하는 커피는
누구를 향한 연가를 쓰고 있는 것일까요?

비바람과 천둥 번개도 이겨낸 노지 배추가
된서리를 맞고도 푸른 잎으로 절망을 항변합니다.
오늘 밤 몰려오는 긴 어둠의 장막에는
또 누구를 위해 적막 속의 슬픈 연가를

바람결에 실어 나를지 벌써부터 기다려집니다.

밤이 깊어 고요가 찾아왔지만
떠나가는 시간이 다가오는 시간을 앞질러 갑니다.
스쳐 지나갔지만 온몸을 파고든 그리움의 깊이는
찬물처럼 끝을 모르는 심연으로 향합니다.

사람이 사람을 만나 사각형(ㅁ)이 부딪히다
상처받으며 돋아난 새살 주위에
몽돌 같은(ㅇ) 사랑이 굴러다닙니다.
하지만 여전히 '사'와 '랑' 사이에는
좁혀지지 않는 거리가 오를 수 없는
벽을 만드는 이유는 무엇일까요?

수많은 추상명사가 일상을 살아가다
한 많은 추억을 먹고 보통명사로 변신합니다.

오늘은 '사랑'이라는 추상명사가 그리움에 젖어

하루 종일 양지바른 곳에서

기지개를 켜며 허공을 바라봅니다.

어둠이 짙어지기 전에

사랑은 동사로 변신해서 나뭇가지에 매달립니다.

여러 가지가 그리움에 줄기차게 입맞춤하며

하늘의 별빛으로 무르익어 갑니다.

닿아 보지 못한 그리움 눈에 선하지만

아이처럼 눈 감고 나뭇가지 사이로 눈길을 돌립니다.

그리움에 지쳐 나도 모르게 마침표를 찍습니다.

마침표 뒤에는 언제나 때마침 따라오는

말없음표가 하고 싶은 말을 삼키며 엎드려 있습니다.

언제 이어질지 모르는 말문 앞에서 서성거리며

외로움을 달래는 이유는 무엇일까요?

세상이 아무리 견디기 어려운 시궁창이어도
밤하늘의 별을 바라보는 사람은 있습니다.
고집스러운 막무가내가 온종일 나비를 기다리며
활짝 핀 꽃의 몸부림을 미안해서 보지 못합니다.

세상을 등지기 전에 바쁘게 움직인 손발들이
쉬지도 못하고 밤새 내릴 이슬방울과 서릿발을
준비하다
상처라는 용광로 속에서 자신을 잃은 단어들이
이슬방울에 세수하며
맑은 그리움의 옷으로 갈아입습니다.

이별의 아픔도 모르면서
모든 걸 잊기로 결심한 불타는 단풍잎이
자기 몸을 베어 내는 듯한
찬바람을 그리워하는 이유는 무엇일까요?

그리움 한 꾸러미 형형색색 옷 입혀

마지막 가는 길을 달래려고

주소 들고 마중 나옵니다.

고뇌로 얼룩진 밤하늘의 별이

그리움의 언어로 말을 걸어 옵니다.

아직 하늘로 올라가지 못한 별들은

어둠의 이불 속에서 새벽을 달랩니다.

살며시 이불 밖으로 나온 아찔한 맨발이

창가에 비친 그리움에게 발길질을 해댑니다.

하얀 종이 위에 남긴 그리움의 발자국,

썼다 지웠다 흔적의 깊이만 더해 갑니다.

아무런 단서도 남기지 말아야 했던 다짐에는

발버둥질하며 어깨를 짓누르는

무거운 짐만 스며들고 있습니다.

당신은
마시지 못하는

안타까운 허기짐
한 그릇입니다

저자가 흘리고 간 거친 숨결에

한눈에 반한 인두 같은 한 문장,

한 많은 세월의 얼룩이 숨죽이고 있다가

아름다운 무늬로 변신한 그곳에서

아직도 눈길을 끊지 못하고

끈기로 버티는 당신의 까닭 모를

서성거림은 무슨 의미일까요?

침묵을 덮어쓰고

며칠째 속삭이는 종이의 항변에

낡은 개념들이 별빛에 몸을 씻으며

노숙 생활을 끊지 못하고 이어 가고 있지만

기억의 저편을 붙잡고

안간힘을 쓰는 당신의 몸부림은

언제나 새봄의 너그러움을 맞아들일 수 있을까요?

세 시간째 한 문장도 못 쓰고

정적이 감도는 백지 위에서

주어를 찾아 헤매다가 목적어를 먼저 만났지만

아직도 동사를 찾아가는 고행을 끊지 못하고

언어 구름 속에서 끝없는 방황을 거듭하는

당신의 글짓기 여정은 언제 끝날 수 있을까요?

준비 없이 스쳐 지나가는 바람이

저녁도 다가오기 전에 깔리는 어둠 속을 헤매며

어제보다 더 빨리 늙어 가는 육신에게 말을 걸지만

행선지도 알리지 않고 어디론가 떠나는

당신의 목적지는 언제나 알 수 있을까요?

힘겹게 쌓여 있는 책 더미 속에서

한 권의 책이 탕진한 시간의 추억을

읍소하며 한 많은 세월의 아픔을 호소하지만

녹아든 시 한 줄 붙잡고

저무는 허공만 바라보는

당신의 상상력에는 무엇이 들어 있을까요?

오늘따라 유난히 깊은 그리움에 젖은

하늘색 옷으로 갈아입고 춤추며 다가오는 파도가

편견의 가로등에 비추어 희석해 얻은 한 문장 품고

밀려오는 어둠에 숨어 부서지는 마음을 바위에게

전하지만

오리무중으로 전개되는 소설 한 구절을 붙잡고

하소연을 끊지 못하고 바다를 바라보는 당신의

마음에는

언제나 바다 같은 넓은 시간의 넓이가 생길까요?

뙤약볕에 농익은 갯벌의 토사를

바닷물에 식혀 차가워진 사이

온몸으로 터널을 뚫으며 밀고 나가는 갯지렁이는

다 지어 놓은 집을 끝없이 부숴 버리는

밀물의 훼방에도 아랑곳하지 않는 까닭은?

갯지렁이의 무모한 반복을

어떻게 번역할지 모르고

저무는 노을만 끝없이 바라보는 당신의 시심이

마시지도 못하면서 빈 그릇에 쌓여만 가는 허기짐은

언제쯤 농익은 언어로 세상에 번역될까요?

때늦은 추위에 밤새 떨며

한 방울의 영롱함으로 태어난 이슬이

눈이 부신 아침을 거부하고

어둠 속에서 시간의 힘을 믿고 버티고 있지만

당신이 마신 물은 오늘 왜 나에게

눈물을 머금은 새벽안개의 끝없는 행렬로 이어지는지

어떤 시에서 그 답을 찾을 수 있을까요?

천둥소리에 놀란 가슴 움켜쥐고
번개 치는 순간에는 아연실색하던 눈빛은
쏟아지는 장대비 한줄기 멈추게 하지 못하는데
끝없이 이어지는 사유의 물결을 끊지 못하고
여전히 안갯속을 헤매며
마지막 언어를 찾아 나서는 당신의 문장 건축은
언제쯤 마침표를 찍을 수 있을까요?

안간힘을 쓰며 반쯤 들어 올린 바벨의 무게가
세월의 무게보다 무거운지
더 이상 들어 올릴 수 없을 때
몸 구석구석을 파고드는 떨림의 땀방울이
근육이 흘리는 눈물로 온몸을 휘감는데
아직도 더 들어 올려야 하는 건 알겠지만

어쩔 수 없는 비통함에 넋이 나간 당신의 몸부림은

누구를 향한 안간힘일까요?

우아한 옷을 입고 서 있는 마네킹보다

몸에 박힌 시침의 아픔을 시치미 떼듯

묵언수행 하는 마네킹의 뒷모습이

여름날의 폭우와 겨울날의 폭설에 갇혀

고난을 헤치고 살아온

한 사람의 삶의 이면을 말해 줄 때

남들이 포착하지 못한 사물의 뒷모습을 보기 위해

끝없이 반복되는 당신의 반란은

어떤 발견자로 종지부를 찍을 수 있을까요?

눈발이 허공을 나르며 춤을 주고

강물은 추위에 떨며 살얼음으로 온몸을 감쌀 때

철없는 바람에 흩날리던 눈송이가

살얼음판을 덮어 주는 한 장의 이불이 되는데

한낮의 괴로움을 끊지 못하고 뒤척이며

그리움의 다리를 건너는 한 줄의 추억은

누구의 가슴에 새기는 시입니까?

당신은 순간이 잉태한

음악을 받아쓰는 시인입니다

바람에 날리는 벚꽃 잎이 땅으로 떨어지는 순간
기다렸던 땅거미가 꽃잎을 이불 삼아 한숨을 쉴 때
당신은 요동치다 만난 저녁노을이 부르는
노래를 받아 적는 소설가입니다.

푸른 모과가 햇볕을 정면으로 받다가
연노란색으로 바뀌는 순간
지나가던 바람이 인생의 황금기를 맞이하여 하늘을
바라볼 때
당신은 마감 시간이 불러온 영감을 붙잡고
한 편의 시를 쓰는 시인입니다.

녹슨 기찻길 위로 눈보라 몰아치다
외로움의 평행선과 맞닿는 순간
저 멀리서 피어오르는 아지랑이가
휘파람 불며 노곤함을 달랠 때

당신은 오늘도 한 뼘 자란 생각으로
내일의 찬가를 작곡하는 음악가입니다.

어둠 속을 헤매다 붙잡은 물줄기가
줄기차게 줄기를 타고 흐르는 순간
안타까운 소식 듣고 달려오다 물관부 떨림이 감지될 때
당신은 소리 없는 아우성으로 허덕이는
목숨을 노래하는 가수입니다.

외딴집 양철 지붕 위로 쏟아지는
소낙비가 하소연하는 순간
숨죽이며 기다리던 매미의 안간힘이
나무줄기를 타고 느껴질 때
당신은 어슬렁거리다 삐딱하게 다가오는
게으름을 안아 주는 보호자입니다.

엉거주춤 있다 나비의 급습으로 꽃가루를 빼앗기는 순간

느닷없는 공격으로 쩔쩔매는 난처함이 거처를 찾아

헤맬 때

당신은 한심한 상투성을 거부하고

낯선 마주침을 즐기는 비바람입니다.

꺼져 가는 연탄불 위로 마지막 숨을 거두며

아궁이 속으로 빨려 들어가는 순간

여전히 피어오르는 불길의 멱살을 붙잡고

세상과 결별을 선언할 때

당신은 소소함에서도 경이로운 기적을 찾아

떠나는 방랑객입니다.

먼동이 어둠을 밀어내고 새벽을 밝히려 아등바등하는

순간

토란 잎에 맺혀 한 많은 가슴을 쓸어내려 이슬방울을

만들 때

당신은 철없는 눈으로 세상을 바라보는

순진무구한 동심의 다른 이름입니다.

한 많은 세월의 얼룩이 서글픈 사연을 머금다

목구멍 사이로 터져 나올 순간

식은 냉가슴을 달구는 한 잔 술이 온몸을 휘감을 때

당신은 텅 빈 종이를 바라보다 어둠을 밝히는

밤하늘의 등불입니다.

하루 종일 수영하다 지쳐 가는

몸을 가누며 물고기가 하품을 하는 순간

숱한 바람에도 쓰러지지 않았던

물가의 갈대가 온몸을 떨고 있을 때

당신은 어둠에 가려 보이지 않지만 그럼에도 빛나는

배경의 안간힘입니다.

저자 소개를 읽다가 뭔가 비범한 삶에서

울려 퍼지는 낯선 아우라가 느껴지는 순간

긴 밤을 뒤척이다 깨어도

여전히 다른 책에 짓눌려 있음을 문득 알았을 때

당신은 정상에 올랐어도 비켜서서

위기를 감지하는 풍향계입니다.

뒷짐을 지고 어슬렁거리다 만난

담장 너머의 무거운 침묵을 만나는 순간

고속으로 질주하던 자동차의 경적이 세월의 흐름을

추월할 때

당신은 그럼에도 불구하고 이유 없이 어슬렁거리며

유유자적하는 산책자입니다.

게으름을 먹고 살던 나태함이

태만과 교만을 만나 세상 사는 고민을 털어놓는 순간

당돌한 하품이 입을 고속으로 닫으며

내뱉는 슬럼프의 하소연이 헛기침할 때

당신은 고단한 몸에 의미의 파편을 심으며

순간 속에서 영원을 지향하는 구도자입니다.

먹이 찾아 삼만 리를 찾아 날던

파리 한 마리 벽에 거꾸로 달라붙는 순간

터져 나오는 욕망의 물줄기를 틀어막고

번개가 내리쳐도 눈 깜빡하지 않을 때

당신은 세상만사의 희로애락에 동요되지 않고

자기 길을 걸어가는 감정의 정화조입니다.

세상에서 가장 낮은 자세로

엎드려 살던 질경이가 기지개를 펴는 순간

하늘에선 공중에 매달려 있던 까치집에

예고 없는 불청객이 방문할 때

당신은 인생이 시답지 않아도

시답게 살기 위해 시달리며 쓰는 시인입니다.

시시하지 않은 인생을 살다가도

시치미 떼지 않고 마음을 휘젓는 시를 만나는 순간

시끄러운 세상에도 시큰둥한 시내버스에 탑승한

시금석 같은 시 한 편을 만났을 때

당신은 시나브로 바뀌는 세상의 경이로운

시발점의 주인공입니다.

불판 위에서 마지막 생을 마감하며

몸에 붙은 모든 기름을 쏟아붓는 삼겹살을 만나는 순간

고통의 강도가 겹겹이 쌓여

삶의 주름을 아로새기다 막다른 골목에 멈춰 섰을 때

당신은 장대비가 쏟아지는 적막한 밤에도

사막을 달리는 희망의 파수꾼입니다.

많이 아는 앎보다 많이 앓는 앓음이

아름다움의 원천을 드러낸다고 시종일관 우기는 순간

누군가는 시름시름 앓다가 이름값을 아로새기며

생기는 시의적절한 주름을 만났을 때

당신은 시시각각 급변하는 암울한 파도 속에서도

시그널을 감지하는 혼돈 속의 안테나입니다.

머뭇거릴 시간조차 아깝다는 듯 시공간을 뚫고

내달리는 기차의 경적을 듣는 순간

허리조차 펼 수 없는 시래기가 품은 시원섭섭했던

지난날 추억의 한 페이지를 만났을 때

당신은 일그러진 시궁창 속에서도

자기 삶을 노래하며 시인하는 배후의 조종자입니다.

한 편의 시가 시한폭탄처럼 터져도

시대착오적 발상이라고 시건방진 반응을 보이는 순간

시시콜콜한 일상의 이야기만으로도

시뻘건 열정으로 시끌벅적하게 세상을 평정할 때

당신은 시계불알처럼 주변의 반론에도

자기 길을 지키는 온기 품은 시루떡입니다.

형용사의 덤불 속에 갇힌 명사가

한숨을 쉬며 숨 막히던 삶을 고백하는 순간

명사들이 반란을 일으키며 존재감을 드러내려고 할 때

당신은 빼앗긴 명사에게 봄을 돌려주기 위해

분주하게 꿈틀거리는 동사입니다.

몸살을 앓으며 뒤틀리던 나무 장작이

불구덩이에서 숯덩이로 태어나는 순간

추운 겨울 눈을 뒤집어쓰고 푸른 숲을 꿈꾸던

나무라는 사실을 알아차렸을 때

당신은 무한 변신을 꿈꾸며

이 세상에서 저 세상으로 건너가는 징검다리입니다.

당신은
허공의 구름보다

눈물 젖은
빵입니다

현란한 수사보다 진심을 통과한 어눌한 한마디

화려한 형식보다 땀에 젖은 얼굴

얄팍한 의심보다 녹슨 세월의 흔적

스쳐 지나간 당구공의 만남보다

서성이며 떠나지 못하는 웅덩이의 물처럼

당신의 목소리는 삶의 애환을 담은 중저음입니다.

물음표의 곡선을 심장에 묻어 두고

발길이 안내하는 표지판 삼아

무수한 족적을 남기며 살아온 당신의 삶은

밀물이 순식간에 지워 버린 모래사장의 발자국입니다.

방 안에 갇힌 붉게 멍든 상상력이

맨주먹을 쥐고 세상일에 불만을 표시하지만

초라하게 남은 겨울날의 초저녁처럼

언 가슴으로 새기는 믿음의 등불이

여전히 불안한 채 바람에 떨고 있는 이유는 무엇입니까?

과거를 더듬다 만난 애틋한 추억의 그림자,
밤하늘의 어둠이 당신을 향한 그리움을 덮을 때
이별하는 젖은 낙엽처럼
그리움도 단념할 때 사랑의 씨앗이 자란다는
당신의 주장은 통증을 호소하는 양심입니다.

눈보라를 등지고 다가오던 시간은
주름 쌓이는 줄 모르고 늙어 가지만
당신을 향한 그리움의 깊이는
산 메아리처럼 흩어져 감 잡을 수 없을 정도로
점점 더 헤아릴 수 없는 이유는 무엇일까요?

오늘도 목적지를 알리지 않고
떠돌다가 갈대에 부딪친 바람을 만난 당신은

사연의 뒤안길에서 탕진했던 기다림의 노을을 생각하며
우수에 젖어 산 중턱에 걸려 있는 비구름입니다.

책 속에 파묻혀 퍼 올린 진리의 샘물은
참을 수 없이 얄팍한 의심만 머금고
체중이 실리지 않은 채
사방으로 퍼지는 관념의 파편으로 이미 종적을
감추었지만
여전히 진리라고 우기는 영혼들의 마지막 열정이
시들어 버린 채 새벽이슬에 젖어
구사일생을 엿보는 까닭은 무엇입니까?

창백한 허공을 만지다 마주친 상상력과 싸우며
긴 밤을 지새우며 버둥거린 탓인지
알 수 없는 이미지 천국에서
여전히 꿈을 꾸고 있는 당신은

느닷없이 나타나 허공을 여행하는 신기루입니다.

당신의 생각과 느낌을 목멘 채 기다리다
새벽 물안개에 떠밀려 나타난 굶주린 당신의 언어들은
산비탈이 들려주는 비보에도 당황조차 하지 않고
강물을 따라 묵언수행을 하며
우렁찬 침묵의 향연을 펼치는 이유는 무엇입니까?

경계를 넘어서려는 당신에게
장벽은 질문을 머금고 문으로 바뀌지만
벽 앞에 좌절하며 장례식장으로 출근한
당신의 질문들은 비바람을 견디며
짓밟히는 민들레의 소리 없는 항변입니다.

실오라기 하나 걸치지 않고 기다리던 겨울밤이
고독과 적막에 떠는 사이

흑심을 품은 무뎌진 펜촉의

아픈 흔적을 받아 주는 당신의 종이는

어색한 분위기를 이겨 내고 한눈팔며

세월의 힘에 짓눌려 점차 구겨지는 이유는 무엇입니까?

사라져 가는 살가운 추억의 한 페이지,

간신히 붙잡고 자투리 시간마다 하소연하던

우여곡절의 여정과 눈물로 얼룩진 당신의 열정은

비바람이 몰아쳐도 들끓는 세상사에 눈길조차 주지
않는

이가 빠져도 아랑곳하지 않는 소용돌이입니다.

눈 깜빡이며 맞이하는

내일의 불확실한 허영의 침묵을 벗 삼아

남루한 생각의 저편에서

상처받은 하루를 어루만져 주는 당신의 위로가

겨우내 추위에 떨다

새봄의 기운을 간신히 이어받아

살아갈 비밀의 열쇠를

겨울눈에 감춰 두는 이유는 무엇입니까?

희극보다는 비극

희망보다는 절망

성공보다는 좌절

양지보다는 음지

정상보다는 밑바닥에서

불행과 결핍에 의미를 부여하고

제목을 생각해 내는 당신의 안간힘은

목덜미가 잡혔어도 사라지지 않으려는

격렬한 몸부림입니다.

당신은
소음도 소리로 번역하는

늦은 밤의
시인입니다

11

언제 소식이 올지 몰라도

시름에 겨워 서 있기조차 힘들어도

그리운 소식을 뜬눈으로 밤새워 기다리는

붉은 옷 입고 기다리는 뜨거운 우체통처럼

당신은 안간힘을 쓰다가 어쩔 수 없이 떨어져서

주소 없이 흩날리는 안타까운 낙엽입니다.

언제 질지 모르는 꽃잎을 어루만지며

피고 지는 세상의 무상함을 온몸으로 가르치다

한눈팔고 사랑에 빠진 햇빛처럼

당신은 꽃 찾아 삼만 리 길도 마다하지 않고

십 리 밖에서도 향기를 찾아 날아오는

한 마리의 나비가 전해 주는 힘겨운 날갯짓입니다.

이미 끝을 향해서 달려가는 1월에게

지난 중순경에 만난 우연은 무엇인지

다가오는 2월은 어떻게 살지 계획을 말해 달라고 해도

말할 수 없는 불확실한 시간의 흐름처럼

당신은 어떤 구름이 비를 품고 있는지

알 수 없지만 그럼에도 끌림으로

자기 존재를 10년째 침묵으로 말하는

겨울밤의 지치지 않는 자석입니다.

고민을 거듭하다 고뇌의 길로 들어선 만큼

떠오르는 단상이 시구절로 연결되지 않을 때

지나가다 흔적을 남기려는 바람결의 소식처럼

당신은 찬바람에 이불도 덮지 못하고

고개 숙여 지나가는 바람에게도

안부 한마디 묻지 않고

낮은 자세로 주저앉아 있는 서글픈 잔디입니다.

골목 귀퉁이 어두운 밤 밝히며

홀로 서서 지나가는 나그네 가는 길

배웅하고 서글픈 심정까지 위로해 주는 전봇대처럼

당신은 변함없이 그 자리에서 길목을 지키며

발목 잡는 사람들의 안타까운 마음마저도

어루만져 주며 길목을 밝혀 주는 버팀목입니다.

문득 책장을 여는 순간

지난가을부터 숨죽이며

책갈피로 꽂혀 있던

단풍잎 한 장의 희미한 추억처럼

당신은 그리움에 사무치고도 파묻히지 않고

한 줄의 시를 쓰기 위해

사투를 벌이며 영감을 기다리는

늦은 밤의 시인입니다.

오일장 열릴 때마다

시장 한 모퉁이에 터를 잡고

해가 서산을 넘어가려고 해도

여전히 시장을 오고 가는 사람들을 바라보는

할머니처럼

당신은 힘들어도 소리 없이

그 자리를 지키는 따뜻한 손길입니다.

비바람이 세차게 몰아치고

눈보라가 찬 이슬보다 찬 공기를 몰고 와도

흔들릴지언정 결코 안으로 들어가는

문을 열어 주지 않는 창문처럼

당신은 고된 노동에도 불구하고

고뇌를 거듭하는 고목입니다.

장미꽃이 아름다워 보일지라도

화려한 장미꽃에 주목하지 않고

장미꽃을 더 장미꽃답게 아름다움이 드러날 수 있도록
묵묵히 자기 자리에서 본분을 다하는 안개꽃처럼
당신은 전경의 찬란한 아름다움을
돋보이게 만드는 듬직한 배경입니다.

누군가 아무렇게 문자를 뽑아서
아픈 곳만 찔러도 침묵을 유지한 채
세상의 아픈 사연과 슬픈 스토리를 다 들어 주는 하얀
백지처럼
당신은 어떤 고통의 목소리도 다 받아 주고
곱씹어 선율 고운 한 곡조 음악으로
돌변시키는 파도 소리 작곡가입니다.

먹구름만 먹다가 해맑은 날이 새는 동안
밤사이 분주하게 식사를 준비하다
날아가는 참새 한 마리가 전하는 기쁜 기별처럼

당신은 흐린 날에도 숲속의 나무가 꿈꾸는

낙화에도 변함없이 온몸을 떠는 붉은 입술입니다.

씨앗이 땅에 떨어져도 따뜻한 가슴으로 품고

사과가 바람에 떨어져도 상처가 생겨도

자기 살 도려내서 보듬어 주는 겸손한 땅처럼

당신은 세상의 아픔에 손 내밀어 주고

다시 살아갈 용기를 건네주는

알 수 없지만 믿음을 먹고 자란 눈길입니다.

늦가을 된서리에도 아랑곳하지 않고

수많은 새의 공격에도 기꺼이 자기 몸을 내주며

나뭇가지 꼭대기에 위태롭게 매달린 마지막 씨과실처럼

당신은 절망적인 밤이 대책 없이 깊어 가도

좌절하지 않고 새벽의 희망을 노래하는

밤하늘의 종달새입니다.

만개한 꽃봉오리를 지지하다

하염없이 식은 열기로 어쩔 도리 없이

순식간에 바람결에 흩어지는 처절한 꽃잎처럼

당신은 설익은 열매가 땅에 떨어져도

놀라지 않고 눈시울 밝히며 함께 울어 주는

이른 아침의 채송화입니다.

저마다의 방향으로 뻗어 나가다

장애물을 만나면 당황하지 않고

천천히 자기 갈 길로 찾아 가지 치는 나뭇가지처럼

당신은 급류에 휘말려도 흐름을 타다

나무뿌리 부여잡고 살길을 모색하는

불안하지만 느긋한 방랑자입니다.

우연히 펼쳐 읽다가

심장박동이 빨라지고 전두엽에 불이 켜지다

숨이 막힐 정도로 전율하는 감동이 와도

참고 다음 구절을 아껴서 읽는 시 한 줄처럼

당신은 시련이 몰려와도 넘어질지언정

무너지지 않고 뛰는 가슴으로 다시 시작하는

절치부심의 디딤돌입니다.

바람이 먹구름을 날릴 정도로 지축을 흔들어도

눈발이 지붕을 무겁게 짓누를 정도로 쌓여도

흔들려도 부서지지 않게

바람이 가장 세차게 부는 날 짓는 까치집처럼

당신은 영원히 머무를 수 있을지 모르지만

세상이 흔들어도 오히려 세상을 뒤흔드는 삶의 지혜를

배우는

온기 품은 배움의 안식처입니다.

당신은
떨림에
울림으로

반응하는
반올림입니다

당신은 수많은 소수점 사이에서

위로 상승할지

아래로 추락할지 절체절명의

절벽 난간에서 몸을 떨고 기다리다

간신히 구사일생하는 반올림입니다.

누군가는 반올림하는 사이에서

반항조차 못 하고 하염없이 고개 숙이며

간신히 자기 존재를 드러내다

어둠을 타고 다가오는 적막조차

알아채지 못하는 낯가림입니다.

당신은 비좁은 서가에 꽂혀

지쳐 쓰러져 있다가

주인의 손길을 기다리며

간신히 몸을 일으켜 세우고

가쁜 숨을 몰아쉬는 힘겨운 책입니다.

누군가는 그 숨소리를 심장으로 듣고
험난한 세상을 헤쳐 나갈 대책을 세우다
숨 막히는 주장들의 아우성에도 아랑곳하지 않고
여전히 자신을 알아봐 달라고
서럽게 울어 대는 허공의 메아리입니다.

당신은 늦은 밤 새벽으로 가는 길목에서
긴 한숨을 쉬다가 추위에 떨며
적막을 흔들어 깨우는 우렁찬 침묵입니다.

누군가는 그 떨림에 울림으로 반응하며
심장을 파고드는 한 곡조의 노래를 작곡하며
흔들리는 나뭇가지에 얹혀
바람을 타고 흐르는 서글픈 흔들림입니다.

당신은 밤새 내린 눈 무게를 견디다
더 이상 참지 못하고 허공에 메아리치다
부러지는 잔가지의 처절한 신음입니다.

누군가는 밑바닥의 신음에서 소음을 걸러 내
새벽 찬 이슬에 몸을 헹궈
세상에 둘도 없는
소리로 번역하는 처량한 시인입니다.

당신은 펄펄 끓는 뜨거운 국물 속으로 뛰어들어
전신 화상을 입을 정도로
견딜 수 없는 열기가 온몸을 휘감아도
주인을 위해 묵묵히 퍼 올리는
한 숟가락의 뜨끈한 국물입니다.

누군가는 그 국물 속에서

국물도 없다는 말의 진의와

국물이 없는 현실의 처참함을

몸으로 느껴 보려고 안간힘을 쓰는

애쓰기의 화신입니다.

당신은 흙 묻은 신발로 짓밟혀도

그리움에 떨며 한마디 말도 못 하면서

천둥 번개도 맞고 비바람에 휩쓸리는

철없는 신발 자국이 남긴 슬픈 과거입니다.

누군가는 사람의 신발 자국에서

결국 삶의 얼룩과 무늬를 직조하며

슬픔과 기쁨이 교대 근무하며

날밤을 새우게 만드는 시인입니다.

당신은 세월의 무게가 삶을 짓눌러도

아랑곳하지 않고 경험의 침묵이

전해 주는 삶의 지혜가 씨줄과 날줄로

엮인 한 권의 책입니다.

누군가는 그 책 속에서

지은이의 숨결에 잠 못 이루고

파묻혀 빠져나오지 못하며

읽기 전의 나와 읽고 난 이후의

내가 만나 나누는 흐느낌입니다.

당신은 비에 젖은 땅거미가

밀려오는 어둠의 문을 두드리며

앞산에 호소해도 아무런 대꾸 없이

아픈 경험을 토해 내는 산울림입니다.

누군가는 그 산울림에게도 따돌림을 당해

바람에 몸을 싣고 소리 소문 없이

당신 주변을 맴돌며

허공의 메아리를 쏟아 내는 쓰라림입니다.

당신은 힘없이 두드리는 손놀림에도

아픈 기색 없이 가슴앓이로 쌓인

서글픈 사연을 허공에 내던지며

세월의 이면을 전해 주는

장구의 갈급한 굶주림입니다.

누군가는 잔소리가 바람에 흩어져도

귀담아 들어 주며 서글픈 과거를 추적하며

떨리는 심장 소리를 들려주는

가슴 시린 맞장구입니다.

당신은 무척 오랫동안 밤하늘을 밝히며

밤새 지나가는 새들의 길을 안내해 주다

떨쳐 버릴 수 없는 갸륵함에 생긴

오갈 데 없는 주름입니다.

누군가는 그 주름 속에서도

아픈 흔적을 더듬으며

이름값의 가치를 찾아내

스토리로 다듬어 내는 소설가입니다.

당신은 긴 겨울이 시작되었지만

눈이 오지 않아서 절치부심하던 바람만

얼게 만들어 움직일 수 없게 만들더니

종국에는 세상을 하얗게 질린 가슴으로 만들어 버리는

야속한 속수무책입니다.

누군가는 그 속수무책 속에서도

속절없이 흐르는 시간을 붙잡고
대책을 마련하려는 안타까운 앞가림입니다.

당신은 호기심의 물음표를 구부려 가슴에 품고
방황을 거듭하며 직선의 느낌표를 찾아다녔지만
세상 어느 곳에서도 쉽게 발견되지 않는
하염없는 말없음표입니다.

누군가는 아무 말 하지 않아도
검정 넥타이 속에 담긴 사연 속에서
아픈 사유를 읽어 내는 한겨울의 눈발입니다.

당신은 곤경 속에서도 사라지지 않으려
바람조차 거부하며 나뭇가지에 매달린
마지막 잎새의 안간힘이 보여 주는
땀에 젖은 절경입니다.

누군가는 절경 속에서

풍경을 담아내기 위해

밤 깊은 줄 모르고 백지 위에

생각의 흔적을 갈무리하는 뜨거운 체온입니다.

당신은
소리 없이 다가오는

이름 없는

소름입니다

13

당신은

추운 겨울에도 멈추지 않고

한파 속에서 겪은

전쟁 같은 삶의 회로애락을 잊지 않고

자신의 몸속으로 새겨 넣어

아직도 연주되기만을 기다리는

무심한 가을밤의 세레나데이며

난중일기 같은 나이테입니다.

누군가는 그 곁에서

한 많은 세월을 울음 속에 간직하며

사리사욕은 다 버리고 벼르는

때를 기다리며 절치부심하는 부싯돌이며

사리(事理)를 깨달으며

사리(舍利)를 품고

인고의 세월을 견뎌 내는 수줍은 고사리입니다.

당신은

눈발이 휘날리는 어둠 속에서도

얼음 밑을 흐르며 휘어지고 넘어지는

한 많은 시냇물이며

달빛 연가를 돌부리에 부딪혀

지나온 내리막길을 연주하며

시인의 목을 축여 주는

속 깊은 마중물입니다.

누군가는

시냇물 위를 걸어가며

마음이 품은 열기를

허공으로 내보내는 아늑한 아지랑이자

그리움에 젖어 새봄을 기다리는

철부지 귀뚜라미의 애처로운 기다림입니다.

당신은

정처 없이 아래로 뻗어 나가며

침묵으로 항변하는 근거 없는 아우성이며

땅속 여행을 멈추지 않고 깊이 파고드는

뿌리칠 수 없는 뿌리의 고뇌입니다.

누군가는

늙어 가는 그림자를 벗 삼아

그리움에 파묻혀야 비로소 스며드는

은근한 봉숭아 꽃잎이며

세파에 물들지 않고

자기 자리를 지켜 내는

눈물겨운 이슬입니다.

당신은

해가 중천에 떠도

서둘러 깨지 않는 슬픔의 무게이자

목적지조차 알리지 않고

탕진했던 시간의 흔적을 지우기 위해

허공을 무대로 춤을 추는 진눈깨비입니다.

누군가는

사납게 달려오는 눈보라를

보랏빛 그리움에 녹여 다독거리는

가없는 책 속의 한마디 위로이자

다가가지 못하는 안타까움에

머뭇거리는 사무친 눈발입니다.

당신은

밤잠을 설치며 적막을 깨우는

엎치락뒤치락 이불 소리이자

생각의 실마리를 붙잡고

한순간이라도 추억의 한 페이지로

장식하려는 죽어 가는 볼펜의 몸부림입니다.

누군가는

볼펜의 대책 없는 화풀이와

끝을 모르고 휘둘러 대는 앙갚음의 온도이며

격렬한 몸놀림에도 아랑곳하지 않고

기꺼이 감정의 씨앗으로 키워 내는

구겨진 종이의 시름입니다.

당신은

잡음이 치유되어 소음으로 들리고

허영이 변신해서 슬픈 번영을 꿈꾸는

낮은 굴뚝의 끊이지 않는 연기이자

남루한 인생이어도 나무라지 않고

언제나 두 팔 벌려 안아주는

구름 같은 벌판입니다.

누군가는

지나가는 바람을 붙잡아

뿌리를 뒤흔들어 깨우며

땅과 애틋한 인연을 이어 가는

잠들지 않는 땅거미이고

맑은 날 허공에게도 꿈 이야기를 하며

자기 목소리를 내는 숨소리이자 빗소리입니다.

당신은

하루의 빛깔을 완성하기 위해

햇빛을 흡수해 자기 색깔을 만드는

불타는 채송화이자

지나가는 경적 소리도 귀담아듣다가

나뭇가지에 걸려 쉰 소리를 내는

떨어지다 상처받은 빗방울의 하소연입니다.

누군가는
잔가지에 맺힌 찬 서리가
순식간에 사라질 풍경을 부여잡고
사방팔방에서 소리치는 아쟁 소리이자
햇볕이 소식을 전하기 전에
얼어붙은 몸을 부여잡고
속절없이 토해내는 새벽녘의 자기 고백입니다.

당신은
폭풍우가 몰아쳐도 가슴을 끌어안고
멀건 대낮이 괴롭혀도
깊은 뜻을 드러내지 않는
번개 맞은 소낙비이자
혹한이 몸을 얼어붙게 해도

묵묵히 자기 자리를 지키는
지워지지 않는 암각화입니다.

누군가는
앞서간 사람의 눈길이
가슴을 관통하며 아로새겨진
불안한 눈빛의 흔적이며
작은 바람의 몸짓에도 사라지는
모래사장에 새겨진 서글픈 발자국이자
애처로운 나뭇잎의 연서입니다.

당신은
수심에 사로잡힌 위태로운 고드름이며
짓눌린 세월의 무게도
아랑곳없이 견뎌 내는 서까래이자
사는 게 못마땅해도 쉬지 않고 밀려와서

서러움을 토해 내는 알 수 없는 파도 소리입니다.

누군가는

속마음이 들킬까 봐

뜨거운 불구덩이 속에서도

은박지에 쌓인 채

침묵을 지키며 익어 가는 군고구마이고

식어 가는 마음을 달궈 줄 온돌방이자

속이 새까맣게 타들어 가도

여전히 파도의 파장을 받아 주는 바위입니다.

당신은
기억의 저편에서

파고드는
두드림입니다

처마 끝에 매달려 생의 찬가를 암송하는 빗방울,

초연한 척 흔들리다 흘리는 눈물에도

버티다가 마침내 추락하며 절규하는

위태로운 희망의 견딜 수 없는 순간들

시선의 바깥에서 넘을 수 없는 담을 치고

안을 애처롭게 들여다보는 문풍지,

혹한에 눈물겨워 밤을 지새우며

알 수 없는 서러움으로 울먹거리는 서글픔의 떨림들

와인 잔에 위태롭게 매달려

흐느적거리며 전신을 애무하던 속 깊은 사연,

추락하기 싫은 몸짓으로

아래로 서서히 흐르는 회한의 눈물들

청명한 늦가을 나뭇가지 끝에서

맨몸으로 서성거리는 빗방울을 맞으면서도

내복도 입지 않고 버티는 마지막 감,

덜떨어지지 않으려는 처절한 몸부림의 흔적들

방금 떨어뜨린 사과를 생각하다

상념에 젖은 사과나무의 어설픈 후회,

바람을 타고 날아든 알 수 없는 항거와

엉뚱한 의미의 무자비한 파장들

땅바닥에 엎드려 간신히 몸을 일으키다

지나가는 바람에 멱살을 잡힌 이름 모를 야생화,

서로를 은밀히 용서하다 뒤흔들리는

풀잎의 처절한 안간힘의 무늬들

질퍽한 오후 흐릿한 안갯속을 뚫고

사방으로 퍼져 나가는 타는 생선,

비린내가 품고 있는 마지막 소식의

허망한 사연들과 끝을 모르고 타들어 가는 목마름

절망도 하기 전에 느닷없이 출몰하는 노곤함,

포기를 재촉하지만 그래도 버텨 보겠다며

마지막 사투를 벌이는 팔뚝 근육의

어쩔 수 없는 몸부림의 얼룩들

겨울밤 보름달에 스며든 구름 한 점,

밤을 끌고 가다가 소리 없는 절창에 한눈팔다

적막을 깨고 하늘로 퍼지는 산만한 그리움 조각들

꽃 속에 스며든 꿀벌의 발걸음 소리,

허공에 실려 가다 쪼그려 앉아 있고

빗줄기에 가로막혀 길을 잃고 방황하던

시끄러운 고요함의 산만한 목소리들

가을하늘을 들어 올리며 날갯짓하던 잠자리,

하늘 가장자리로 날아오르던 뜬구름을 만나

초저녁 창문에 얼룩으로 그려 낸

춥고 배고픈 어두운 빛의 그림자들

지나가던 지네의 수많은 발놀림에 놀란 개미,

앞으로 내딛는 첫 번째 발놀림에

의문을 품고 던진 질문에

가던 길을 멈춰 선 지네의 놀라운 깨달음들

얼음 속을 흐르면서도 얼어 죽지 않은 시냇물,

가던 길을 멈추지 않고 끊임없이 부르던

노랫가락에서 느끼는 돌부리의 소리 없는 아우성들

천둥과 번개가 뒤섞여 반죽이 된 인생 반주,

눈물에 빗물을 타서 희석하더니

날리던 눈발에게 황급하게 전해 주는
다급한 사연의 애달픈 입김들

폭염에도 지치지 않고 돌아가던 선풍기 날개,
하염없이 쏟아 내는 힘겨운 하소연에 침묵하다
나뭇가지에 매달린 고달픈 신발의 느닷없는 절룩거림

그림자도 버린 채 뙤약볕의 축제가 펼쳐지는 소금밭,
전생의 죄과를 짊어지고 파도가 밀려오다
하얀 거품에 세월의 아픔을 가득 품고
뭍으로 오다가 퍼붓고 돌아가는 좌절의 희망가

세월의 무게에 짓눌려 덜컹거리던 소리도
침묵으로 삭혀 버리는 허전한 달구지,
가시밭길 걸으며 신발도 신지 않고
군말 없이 오늘도 안으로 삭히는 안쓰러운 진저리들

허공에 삶의 그물을 던져 놓고 하염없이 기다리는 거미,

어둠의 장막을 뚫고 내리꽂는 소낙비에

미동으로 대답하며 밤하늘을 바라보다

꽁무니로 항변하는 참을 수 없는 세월의 흐느낌들

일상 다반사(茶飯事)와 시한부(時限附) 인생에

호기심의 질문을 던져 궁금해 하는 물음표,

물음의 욕구와 기쁨 앞에서 몸을 떨지 않는 것*

마침표를 미리 찍어 놓고 졸고 있는 시간에게

낮에도 숨어서 떠 있는 반달이 물어본다.

경멸과 괄시의 싸늘한 시선들이

뿜어내는 메아리는 누구를 위한 외침인지.

니체의 『즐거운 학문』에 나오는 말.

불현듯 밝아 오는 가로등의 뒤안길,

세상과 얼마나 맞짱 떠야 여기를 떠나지 않아도 되는지

먼동이 터 오기도 전에 맑은 정신으로 눈뜨고

낯선 시선에게 물어봐도 여전히 흐느끼며

구름 속의 달을 바라보는 저녁 불빛의 몸짓들

새벽에 일어나 새 벽을 맞이하며

하얀 백지가 품고 있는 절망의 절벽도 마다하지 않고

그것이 뿜어내는 무언의 광채에 간신히 차린 정신,

아직도 서성이는 씨줄의 희망과 날줄의 절망들

다가오는 한 해에게 나지막하게 다가서서

한 해의 끝자락에서

또 한 해의 시작을 작곡한다.

계절이 바뀌고 한 해가 저물어 가도

지나가는 바람이 아직도 품고 있는 사랑했던 기억들,

못 견디게 외로운 날

느닷없이 배달 오는 적막 속에 감추고

오늘도 살아내야 사라지지 않는다는

응어리의 외침들 벗 삼아

당신과 부둥켜안고 또 한 해를 두드려 본다.

당신은

나에게 꽂힌

'꽃' 입니다

당신은 벌새처럼 1초에 90번

파도처럼 하루에 70만 번

제 몸을 쳐서 소리를 내지만

나는 하루에 몇 번이나

내 심장을 쳐서 의미를 만들어 내고 있는지

모를 정도로 의미심장한 당신에게 꽂혔습니다.

당신은 나를 잊었지만

그럼에도 나는 당신을 잃지 않기 위해

함께 보낸 그리운 시간의 추억에 붙들려

하루에도 수십 번 몸부림치며

스며드는 생각에 꽂혀 있습니다.

당신은 돌아오지 않는 시간처럼

등을 돌려 등지고 살아가는 악연에 연연하지만

나는 등 대고 함께 가꾼 인연의 등대에 꽂혔습니다.

당신은 우리 사이가

서산에 짙게 깔린 어둠의 장막이라고 생각하지만

나는 서산으로 넘어가는 노을을 함께 바라보며

우리가 바라면서 함께 본 미지의 이미지에 꽂혔습니다.

당신은 꽃이 졌다고 나에게 전해 주는

찬란한 슬픔의 뒤안길이

우리들의 과거라고 생각하지만

나는 꽃이 진 자리에 남은 꽃의 그리운 여운에

꽂혔습니다.

당신은 먹구름을 보면서 어두운 미래를 생각하지만

나는 먹구름이 품고 있는 희망의 햇빛을 그리며

그림자 안에서도 그리움에 젖어

뭔가를 그리고 있는 정체가

당신이라는 사실에 꽂혔습니다.

당신은 눈길을 보면서도

눈물을 흘리며 눈총을 쏘지만

나는 눈길에 담긴 따뜻한 당신의 마음에

눈 맞아 본 번갯불 같은 전율에 꽂혔습니다.

당신은 매달리고 시달리며 살아온 인생을

시답지 않게 생각하지만

나는 시달려 본 인생이야말로

언제든지 시로 달릴 수 있게 만드는

내공으로 변신할 수 있다는 가르침에 꽂혔습니다.

당신과 헤어지는 길목에서 발목을 잡았다고 생각하지만

나는 끝나는 곳이 또 다른 시작이고

그 시작은 또 다른 시련을 이겨 내려는

시험이라는 깨달음에 꽂혔습니다.

당신은 나에게 물먹었다고 생각하고
이제 모든 관계는 물 건너갔다고 좌절하지만
나는 물먹는 일도 때로는 물처럼 사는
한 가지 방법이라는 깨우침에 꽂혔습니다.

당신은 우리가 걸어가는 길이
온통 자갈밭이라고 불평하지만
물속에서 숨죽이며 기다리는 돌멩이 없이는
흐르는 시냇물도 한 곡조의 노래를
연주할 수 없다는 사실에 나는 꽂혔습니다.

당신은 함께 만든 추억의 페이지에
바람 잘 날 없었다고 말하지만
나는 바람 잘 날 없이 보낸 힘든 시간 덕분에
힘이 들어가서 바람도 가고 싶은 곳으로
잘 나간다는 정문일침에 꽂혔습니다.

당신은 흔들리며 피어야 진짜 꽃이라고 생각하지만

나는 진짜 꽃은 바람에게만 흔들리지 않고

꽃을 유혹하는 사람들 앞에서도 흔들려 봐야

세상을 뒤흔들 수 있다는 평범한 진리에 꽂혔습니다.

당신은 언제나 우리 사이의 주인공이 아니라고

원망하지만

나는 숱한 배경 속에서도 당신이 전경에 드러날 수

있도록

공을 들여야 세상의 주인공이 될 수 있다는 상식에

꽂혔습니다.

당신은 먼 산을 바라보다 눈이 멀었다고 하지만

나는 당신에게 한눈에 반해서

아직도 하얀 밤을 지새우며

뜬눈으로 잠을 설치는 와중에

내린 눈이 피운 눈꽃에 꽂혔습니다.

당신은 새벽도 새 벽이라고 하고
뜨겁게 불태운 만큼 속도 태웠다고 하지만
나는 새벽은 절벽이 잉태한 새 벽이라서
속상하고 속 터져도 속도보다
우리가 함께 보내면서 순간순간 느낀
삶의 밀도감에서 진정한 행복이
터져 나온다는 뉘우침에 꽂혔습니다.

당신은 나에게 꽃이지만
나는 당신에게 꽂혔습니다.
여전히 나는 당신에게 다가서서
'다가섬'에 가려는 이유입니다.

당신은
비수를 꽂고

비상하는
날개입니다

비록 현실에서는 괴로움에 젖은 가랑잎이고

바람에 어디론가 날려 갈지 모르는 낙엽이어도

환상을 꿈꾸며 이상을 지향하고 싶을 때

무거운 짐으로 짓눌려 무너지고 있는 마음이

대책조차 찾지 못하고 밑바닥을 기고 있어도

정상으로 향하는 비정상적인 사유를 잉태하고 싶을 때

끝을 모르고 추락하며 벽에 부딪히고

만나는 일마다 벽이 가로막고 있어도

장벽 너머 개벽을 가슴에 품고 새벽을 잉태하고 싶을 때

좌절을 거듭하고 절망이 밀물로 몰려오고

아무런 진전도 없이 썰물로 끌려가도

시궁창 속에서도 별을 보며 힘든 세상을 버티고 싶을 때

모두가 이젠 끝이라고 생각하며
물 건너갔다는 자괴감에 물들어 있어도
끄트머리에서 다시 '시작'하는 용기를 되새길 때

여러 가지 문제가 복잡하게 얽혀 들고
먹구름 속에 갇힌 생각이 오리무중에 빠져들어도
세상사는 다 마찬가지라고 스스로에게 위로를 주고
싶을 때

조소와 조롱이 판을 치고
반대와 저항이 파도치며 위협을 가해도
상식과 진심은 진실과 진리를 전한다고 믿고 싶을 때

기억의 창고에 원한과 분노가 앙금처럼 쌓이고
날이 갈수록 적개심에 불타고 있어도
평정심을 찾아 진정하는 나를 발견하고 싶을 때

깊어 가는 밤이 고독을 부르고

별이 빛나는 밤하늘에 처량함이 반짝거려도

샛별이 품고 있는 희망을 잉태하고 싶을 때

대답할 수 없고 대책이 없는 상황이

엄습하며 난국을 타개할 대안도 보이지 않지만

변명과 핑계보다 문제의 근원을 파고들어 심지를 뽑고

싶을 때

눈물이 앞을 가리고 눈보라가 몰아치며

불안감이 가중되어도 불안감이 피워낸 꽃,

앙스트블뤼테(Angstblüte)*의 위력을 맛보고 싶을 때

'공포, 두려움, 불안'을 뜻하는 앙스트(Angst)와 '개화(開花), 만발, 전성기'를
뜻하는 블뤼테(Blüte)의 합성어로, '불안 속에 피는 꽃'라는 뜻의 독일어.

만사가 귀찮고 의욕조차 바닥을 기어가며
한숨과 한탄으로 얼룩진 하루를 보내도
살아 있음의 경이로운 기적에서 감탄사를 발견하고
싶을 때

미래를 생각하면 심장보다 다리가 떨리고
피곤한 하루와 지루한 시간이 반복되어도
반전을 통해 인생 역전을 꿈꾸고 싶을 때

아무것도 할 수 없다고 모두가 포기하고
더 이상 상황은 나아질 리 없다고 부정해도
오히려 아무 일이나 가능하다는 엉뚱한 발상을
찾아가고 싶을 때

과거의 굴레가 목을 조여 오고
옛날의 추억이 발목을 잡고 늘어져도

지금 이 순간을 바꿔 다가오는 미래를 뒤흔들고 싶을 때
상처받은 마음 아물기도 전에
질책과 비난의 화살이 날아와도
비판의 빵을 나눠 먹으려는 애간장을 녹일 때

일상의 틀에 박힘에서 벗어나
잠시라도 고공비행 중에도 아픈 현실을 관조하며
비정상적인 상상력의 날개를 달고 싶을 때

찬 서리가 세상을 얼리고 폭설이 삶을 괴롭혀도
매서운 바람이 사람을 울리고 폭풍우가 집을 날려도
때가 되면 봄이 오고 꽃 핀다는 사실에 위로받고 싶을 때
어둠에 휩싸인 터널 속을 건너도
먹구름이 언제 쏟아질지 모르는 비를 품고 있어도
절망은 희망의 다른 이름이라는 달콤한 쓰라림을 믿고
싶을 때

고난이 겹겹으로 다가와 곤경에 처해도

비극이 하늘을 날다 땅에 떨어져도

곤경이 풍경을 낳고 비극이 희극을 낳는다 믿고 싶을 때

섬과 섬 사이에 돌이 날아들고

건널 수 없는 경계가 앞을 가로막아도

그 섬에 가면 뭔가 이뤄질 것 같은 불길한 예감이 들 때

소낙비는 내리꽂고 땅은 젖어 들고

설상가상으로 감정의 불꽃을 태우는 비수가 꽂혀도

비상하는 날개 펼쳐 저 세상으로 잠시 도피하고 싶을 때

모든 삶의 짐을 내려놓고

밤길에도 쉬지 않고 세상을 적시는 강물의 미덕과

풀잎에 올라선 찬 이슬의 무게에서

세상을 살아가는 참을 수 없는 지혜의 무거움을 배우고
싶습니다.

당신은
기다렸다

터져 나오는
울부짖음입니다

17

'아직'과 '이미' 사이에서

견뎌 냈던 과거가 몸서리치고

힘겨운 현재가 몸부림치며 남긴 어둠의 찬양가,

불안한 미래를 기다리며 너무 오래 희망을 노래합니다.

뭉게구름이 햇살을 먹고 있어도

찬 서리가 내릴지 모를 불안감에

떨고 있는 풀잎,

너무 오래 밤의 적막에 갇혀 지냅니다.

앞의 글자들이 누르는 무게와

빼곡한 글자들의 아우성에도 아랑곳하지 않고

행간의 틈새에서 잠자코 있는 침묵의 단어들,

너무 오래 기다림의 불안감에 휩싸여 떱니다.

겹겹이 쌓인 세월의 주름과 무게

눈보라와 비바람 맞고도

옷을 갈아입지 않고 아직도 세상을 건너는 신발,

너무 오래 주인의 무게에 짓눌려 살아갑니다.

얼음과 물 사이에서

표면장력과 긴장을 틈타 생긴 살얼음,

아무런 예고 없이 슬그머니 변신을 거듭하는 얼음,

너무 오래 불을 멀리하며 뜨거운 사랑을 꿈꿉니다.

먹구름이 비바람의 징검다리를 만나

비구름을 건너는 사이

자기 몸을 부풀리며 낙하 준비를 하는 빗방울,

너무 오래 두려움에 떨며 땅과의 만남을 기다립니다.

늦가을 소낙비를

내복도 입지 않고 견디며

삭풍에 온몸을 떨고 있는 낙엽 한 장,

너무 오래 질퍽한 땅 위에서 시를 씁니다.

하얀 거품 가슴에 품고

오늘도 동의 없이 노래 부르다

바위와 부딪치며 산산이 부서지는 파도,

너무 오래 멍든 가슴 움켜쥐고 울고 갑니다.

속옷도 입지 않고

땡볕에 몸을 말리다

오랜만에 물에 젖어 흐느끼는 갯벌,

너무 오래 알몸을 드러낸 채 바람에 몸을 말립니다.

눈보라가 밀려와도 추위에 밀리지 않고

벼락을 맞아도 상처받지 않는 대담함

폭풍에 항거하면서도 무너지지 않는 담벼락,

안을 지키기 위해 너무 오래 밖을 향해 고함칩니다.

체게바라를 읽고 혁명을 꿈꾸었지만
사르트르를 읽고 실존의 길을 잃었다.
소크라테스를 읽고 나 자신을 찾았지만
여전히 묻는 길에서 방향을 알려 주지 않는 철학자들,
너무 오래 철들지 않고 들리는 소음에 괴로움이 말을
겁니다.

갈 곳 잃고 방황하는 갈대
산 중턱에서 절치부심하던 억새
둘 사이에 이어진 인연의 줄에
하늘 높이 날던 종달새가 걸어 둔 엽서 한 장,
너무 오래 허공에 나부끼며 그리움에 몸을 떱니다.

주인을 기다린 지 벌써 몇 날 며칠

기다려도 나타나지 않는 고통의 글자들

언제 나타날지 알 수 없는 불안한 백지

한 필 붓이 잔뜩 머금은 검은 눈물

너무 오래 산통을 겪으며 살아 냅니다.

새벽하늘을 지키며 글썽이던 눈물

바라보아도 다가오지 않는 외로움

지은 죄가 많아 가슴 졸이는 초승달,

하늘 한 구석에서 너무 오래 기다림으로 수를 놓습니다.

알수록 어두워지는 가벼운 지식과

안간힘을 쓰며 몸에 새긴 무거운 지혜,

길거리 옆에 핀 질경이의 몸부림 하나

이해하지 못하는 허망한 깨달음,

너무 오래 관념의 방 안에서 신념을 키웁니다.

한여름의 열기 속으로 서글픔이 걸어 들어갈 때
시인이 되고 싶은 야망은 붉게 타오르는데
영감을 배달하러 오지 않는 깜깜한 우체부,
들판에 핀 시집을 만나려고 너무 오래 헤매고 다닙니다.

달리던 기차가 멈춰 선 정거장에는
발품을 식히며 가쁜 숨을 몰아쉬는 바퀴가
나보다 먼저 앞을 가로막으며
다음 목적지를 예감한 바람,
너무 오래 무언의 채찍으로 우리를 길들입니다.

어둠 곳곳에 박힌 별들의 행선지
아직 갈 길이 멀어 서두르는 샛별
하루 종일 서서 앞길을 알려 주는 이정표,
너무 오래 표정 없이 밤길에 하늘만 쳐다봅니다.

주소 없이 나뭇가지에 매달린 채

굳게 입을 다물고 있는 단풍잎,

그 잎 속에 품고 있는 알 수 없는 마음,

너무 오래 시를 찾아

먼 길을 헤매며 줄 달리기만 반복합니다.

당신은
흰 종이 위에

기거하는 문자들의
불안한 침묵입니다

18

밤잠을 설친 찬 이슬 한 방울

풀잎에 위태롭게 매달려 있습니다.

먼동이 터 온다는 소식에 불안에 떨다

풀잎이 품어 주려는 포옹도 아랑곳하지 않고

땅으로 곤두박질칩니다.

갑자기 내리치는 소낙비,

구름이 품고 있는 희미한 햇빛에

잠시 달궈진 몸을 떱니다.

잠자고 있다 심한 찰과상을 입은

공기 방울들 사이로 빗방울은

오늘도 하늘과 이별하고 물안개를 받아들입니다.

마침표 끝에서 방황하는 한 문장,

다음 마침표를 기다리며 물음표를 품습니다.

마침표를 떠난 물음표가

곡선으로 휘감긴 지난날의 얼룩에게 물어봅니다.

물음표가 용틀임하며 마주침의 흔적을

마침표로 남깁니다.

새벽 공기가 밤새 뒤척거리던 몸을 일깨웁니다.

언어가 달려가 첫 느낌을 물어보지만 침묵으로

항변하며 번역을 거부합니다.

어제 덮고 잔 이불과 이별하며

어둠 속에서 다가오는 하루가 말을 겁니다.

귀가 즐거워하는 음악과

눈이 즐거워하는 그림 사이에서

가슴은 알아듣지 못하는

머리가 생각한 한마디를 남깁니다.

마음은 벌써 그리움에 젖은

음악과 그림을 상상하며 바람을 타고 날아가지만

머리는 그 뒤를 열심히 쫓아갑니다.

한 가지 정답만 요구하는 수학과

여러 가지 해답이 존재하는 문학이

새벽 물안개를 타고 강변에서 만납니다.

강물도 답을 찾을 수 없어서 밤새 흘러내려 왔고

바다도 낮은 곳에서 비상을 준비하지만

언제 소낙비가 되어 다시 수직 낙하할지 모릅니다.

흰 종이 위에 기거하던 글자들이

오랜 침묵을 깨고 일어나

눈보라에 흔들리던 버드나무 가지를 만납니다.

행간에서 숨죽이고 기다리던 글자들은

삭풍에 떨면서 견디던 바위에게 안부를 묻고

백지 위의 글자들은 무거움을 뚫고 머리를 쳐들지만

독자는 글자들의 향연에 빠져 헤어나 오지 못합니다.

시인은 책상 위에서 한 달 동안

말없이 서 있는 달력의 침묵을 말해야 하고

철학자는 천근만근의 몸을 이끌고

고된 노동의 현장으로 출근해야 하는 이유를 말합니다.

예술가는 먹구름 속 태양을 노래하는 이유를 말해야 하고

소설가는 인생이 꼬여도 답을 찾을 수 없는 까닭을

말합니다.

밤을 뚫고 살아남은 새벽은 오늘도 여기를 떠납니다.

지천명(知天命)의 나이를 넘었음에도

하늘의 명령이 무엇인지 아무리 물어봐도 알 길이

없습니다.

계획대로 풀리지 않고

각본도 쓸모가 없는 세상에서

우연이라는 실낱같은 희망을 붙잡고

허공에 몸을 던집니다.

여전히 풀어야 할 문제와 숙제가

생각 없이 즐기는 축제보다 많은 인생입니다.

꿈속에서 그리던 연인을 만나고 싶지만

나도 모르게 일어나는 사건과 사고가

범인을 대량 양산합니다.

숙제와 결별하고 축제만 즐길 방법은

어느 경전에서도 찾을 수 없습니다.

칸트를 읽다가 길을 잃고 카페에 들려 냉수를 마십니다.

스피노자를 읽다가 휘둘리는 감정에 몸을 던지고

니체를 읽다가 욕망의 사다리를 만납니다.

플라톤이 새벽같이 일어나 이데아의 세계를 건설하고

아리스토텔레스가 밤잠을 설치며

현실에서 진실을 찾으라고 설파하는 정언명령 사이에서

저녁노을은 붉게 타들어 가는 속마음을 허공에 던집니다.

내가 동의하지 않아도

시간은 정거장에 멈추지도 않고 흐릅니다.

시침은 시치미를 떼고

벌써 한 시간째 한자리에 머물러 있고

분침은 분통에 터지는 듯

앉은 자세로 어쩔 줄을 모르고

초침은 머뭇거리는 인간에게

재빠른 채찍을 날리며 서둘러 떠나라고

안절부절못합니다.

이념은 와인 잔 속에 담긴 여인의 항거를 읽지 못하고

소주 한 잔 담긴 노동자의 비애를 느끼지 못합니다.

이념은 한순간도 절망 곁을 떠날 수 없는

절벽의 마음을 이해하지 못하며

늦은 가을바람에 쓰러져 가는

고개 숙인 벼 이삭의 안간힘을 받아들이지 못합니다.

이념은 40℃가 넘는 사하라 사막을 등지고 달리는

포기하고 싶은 남자의 속마음을 보듬어 줄 수 없고

정념의 깃발로 나부끼다 신념의 손길을 기다리며

태우는 애간장의 고달픔을 달래 줄 수 없습니다.

이념은 신념이 이끌고 가는 무모한 도전 앞에

불안한 다짐을 하며 기다리는

새벽의 안타까움을 겪어 본 적이 없습니다.

관념의 파편이 증축한 이념의 터전에서 탈출하고

격전의 현장에서 사투를 벌이며

얼룩으로 번진 저자의 숨결이

행간을 타고 끝없이 흐릅니다.

아직 다 읽지 못한 저자의 흔적이

다음 페이지로 향하려고 꿈틀거립니다.

책을 읽는 나는 행간에 빠져 허우적거리는데

마음은 벌써 끝에서 초조한 기다림을 먹습니다.

당신은
바닥을 치고

솟아오르는
용솟음입니다

한 방울의 물이 모여서 바다가 되지 않습니다.

숱한 눈물이 흘러 강을 만들어

온갖 장애물에도 아랑곳하지 않고

흐르고 또 흘러 도달한 종착역이자

위대한 반전이 시작되는 전환점,

바다는 다시 가장 낮은 곳에서

가장 높은 곳으로 비상을 시작합니다.

바닥보다 더 낮은 곳, 밑바닥에서

더 이상 내려갈 곳을 찾지 못하고 바닥을 치다가

갑자기 솟구치는 힘으로 밑바닥을 칩니다.

정상에 이르는 여정이

바로 하늘 밑에서 기다립니다.

밑바닥은 언제나 발바닥이 먼저 알아챕니다.

가뭄으로 갈라진 논바닥 균열처럼

길바닥에서 방황하며 걸어온 생의 흔적이
선명한 얼룩으로 균열이 새겨져 있습니다.
내 생애 가장 정직한 삶의 흔적,
발바닥 굳은살로 오늘 하루도 견뎌 봅니다.

뙤약볕이 수직으로 내리쬐어야
비로소 탄생하는 염전(鹽田)의 하얀 소금들
염부의 땀방울과 짠 소금이 범벅이 되어
폭염 속에서 영글어 가는 소금 산의 염도(鹽度)가
뜨거운 바닷바람 타고 몸서리치며 날아듭니다.

절벽에 가까운 벽을 넘어 사투를 벌이는 연어 떼가
넘어설 수 없는 콘크리트 보 앞에서
급 물결을 거슬러 뛰어오르기를 반복합니다.
온몸에 상처투성이가 되어 피로 물들어도
모성을 향한 절박한 사투는 포기할 줄을 모릅니다.

하늘 높을 줄 모르고 기어오르는 담쟁이덩굴에게

벽은 두려움의 대상이 아니라

꿈으로 향하는 버팀목이자

일상에서 비상하는 사다리입니다.

혼자 오르기 힘들어

곁에서 오르는 담쟁이덩굴 동료를 만나

오늘도 어깨동무를 하고

절벽을 기어오르다 새벽을 맞이합니다.

역풍에 돛을 단 배만이 앞으로 진군할 수 있습니다.

순풍에는 바람개비조차 돌지 않습니다.

죽은 물고기만이 급류에 떠내려갑니다.

맞바람을 가로질러 날기를 거듭해야

새도 오늘의 목적지에 도달합니다.

살아 있는 모든 것들은 역류를 선택합니다.

파도가 바람을 거슬러 밀려왔다가

뭍에 오르지 못하고 절망에 섞인

하얀 거품을 쏟아 냅니다.

곁에 있던 바위가 절망의 거품을 받아 내며

한마디 위로를 건네며 파도를 받아 줍니다.

파도는 더 세차게 아픔을 쏟아 냅니다.

나무는 비바람이 불어와도 뿌리째 뽑히지 않고

칼바람이 불어닥쳐도 칼날에 베이지 않습니다.

자리 탓을 하지 않고 언제나 자세를 가다듬는 나무는

오늘도 주어진 자리에서 목숨을 걸고 불안감에 떱니다.

손가락이 뜨거운 침을 맞듯 세차게 통증을 느끼지만

기타 줄을 누른 손가락은 마지막까지 놓지 않고

버티며 허공으로 선율을 보냅니다.

기타(guitar)는 오늘도 기타(其他)가 되지 않으려고 안간힘을 쓰며 기타 줄을 튕기며 적막을 깨웁니다.

무게가 짓누르는 힘을 견디다 못해
온몸을 떨며 바벨을 간신히 들어 올린 순간,
더 무거운 인생의 무게가 온몸을 짓누릅니다.
견디다 못해 찢어진 상처 위에
근육이 흘리는 눈물이 땀으로 뒤범벅됩니다.

감자탕에 뛰어든 돼지 뼈는 마지막 뜨거운 고문에
뼈도 못 추린 채 흥건하게 몸을 내맡깁니다.
피 끓는 열기에 녹아드는 감자는
어느새 녹초가 되어 흐물거립니다.
소주에 뒤섞여 몸속으로 흘러든 감자는
언제 나올지 모를 심연의 늪에서 절창을 토해 냅니다.

바람결에 날아가다 바위틈에 떨어진

소나무 씨앗이 절치부심하다 앞날을 걱정합니다.

비옥한 땅에 떨어진 친구는 목재로 자라다

목수에게 목숨이 끊겼다는 소식이 전해집니다.

갖은 고생을 하다 분재 채집가에게 발견된 분재는

양지바른 곳에서 백년해로를 약속받습니다.

고생 없이 자란 여름의 넉넉한 나이테가

다른 나무에게도 애정을 담은 나무의 연서를 보냅니다.

간격을 유지하던 나무줄기가 흔들리며 가지를 뻗지만

영원히 닿으면 안 되는 거리가 있어야

아름다운 숲을 이룰 수 있다고

스치는 바람을 악보 삼아 숲속의 나무들이 합창합니다.

마음을 담아 보낸 한여름의 연서에는

한겨울 사투를 벌이며 쓴 난중일기는 없습니다.

자기 몸 안에 아로새긴 여름날의 흔적이

얼룩으로 아로새겨져 있습니다.

끼니도 채우지 못하고 추위에 떨며 남긴 흔적은

고단한 한 시절의 난중일기로 나이테 간격을

파고듭니다.

짓궂은 가을바람에 흔들려도 떨어지지 않고

처량한 가을의 낭만을 즐기던 단풍잎 한 장

동의하지 않아도 찾아오는 겨울에 떠밀려

어느 순간 불안감을 뒤로한 채

포근한 땅 이불 위로 자기 몸을 던집니다.

쓰고 싶지 않은 뒤숭숭한 마음이지만

노트북이 어둠 속에서 하얀 워드 화면을 내밉니다.

키보드가 자판으로 내 손가락을 끌어다 춤을 춥니다.

마우스가 동선을 바꾸며 알 수 없는 길을 갑니다.

동사가 목적어와 일렬로 걸어가는 행진곡을 만듭니다.

당신은

내가 잊을 수 없는

몸부림입니다

마지막

참을 수 없는 분노와 적개심은

하늘을 찌를 듯 머릿속을 뒤흔듭니다.

외마디 비명을 질러 보지만

평온한 저녁은 밤의 적막 속으로

끄적이던 한 구절 시만 남기고 사라집니다.

어느 구름이 비를 품고 있는지

아는 사람은 지구 상에 없습니다.

시름에 젖어 하늘을 헤매다

작심하고 수직으로 내리꽂는 장대비는

땅과 정면충돌하면서 난생처음 상처를 입습니다.

한순간에 터지는 한숨의 깊이는

그 심연을 알 길이 없습니다.

삽시간에 밀려든 외로움의 넓이는

허공도 좁다는 듯 힘없이 고개 들고

생각의 꼬리를 잡으며 하소연만 반복합니다.

구덩이에 고인 물은
햇빛으로 데워지다 난데없이 들이닥칩니다.
흙탕물에 허겁지겁 짐을 싸서
갈 곳을 잃고 문 앞에서 맴도는 물이
물먹지 않고 물 건너갑니다.

뭍인지 물인지 어중간한 자세로
경계에 걸터앉아 위험한 곡예를 펼칩니다.
조만간 봄바람에 싹틔울 버드나무 가지들의
새순이 용틀임하며 기지개를 켭니다.

밤새 뒤척이며 신음을 내던 통증이
어디선가 울리는 또 다른 신음을 듣습니다.
귀담아듣다가 화들짝 놀라 선잠을 깨며 내는

화음이 찬란하게 슬픈 야상곡으로 돌변합니다.

'아하!'라는 감탄사와
'아차!'라는 한탄 사이의
건널 수 없는 경계 사이에서
아쉬움이 숨을 죽이며 누웠습니다.

전망조차 할 수 없는 절망을 품고
바다를 향하는 강물은 절박하고 막막합니다.
언제쯤 희망의 바다를 맞이할 수 있을지
강가에 서성이며 떠도는 물안개도 알 길이 없습니다.

바람이 몸을 날릴 정도로 부는 날
거미는 눈에 보이지도 않는 거미줄을 허공에 던져
줄달음할 희망 노선 한 줄 쳐 놓고 한숨을 쉽니다.
방사선 모양으로 거미줄을 뿜으며

만드는 안식처에는 불확실한 불안감이 아무 때나
엄습합니다.

먼동이 트기도 전에 일어난 물음표(?)는
허리도 펴지 못하고 하루 종일 고민합니다.
수직으로 걸어 다니던 느낌표(!)를 만났지만
물음표와 느낌표 사이에는
이름 모를 마침표만 한숨 짓습니다.

금시초문의 단어가 눈길을 가로막고
다음 문장으로 넘어가지 못하고 가쁜 숨을 몰아쉽니다.
한참을 생각해도 뚫리지 않는 관문,
난생처음 던지는 질문을 보여 줘도
요지부동인 그 단어의 입장은 참으로 단호합니다.

겨우 내가 되기 위해 겨우내 몸부림치며

느닷없이 다가오는 꽃샘추위도 국화꽃은 이겨 냅니다.

어둠 속에서 새하얗게 질린 몸으로

바람은 밤의 적막을 붙잡아 서릿발을 만듭니다.

아무나가 아무리 발버둥을 쳐도

애쓰다가 애간장을 녹여도

쓰지 못하는 심정은 안타깝기만 합니다.

백지 위에 쏟아지는 생각의 씨앗은

쉽사리 글이 되지 못하고 머릿속에서 맴돕니다.

벌써 시간이 이렇게 지나갔다는 아쉬움보다

아직 시간이 이렇게 많이 남았다는

안도감이 안심하고 한눈을 팝니다.

아쉬움은 접어 두고 안도감은 묻어 두었지만

아쉬움과 안도감 사이에

그리움은 밤의 적막을 덮고 꿈나라로 향합니다.

아무리 힘주어 말해도 내 말은 겉돌기만 하고

어느 순간부터는 아예 말이 길을 잃고 헛돕니다.

떠도는 말을 잡아 의미를 부여해도

주인의 심장에 감돌지 않고 여전히 방황을 거듭합니다.

사랑하기 때문에 절망을 밥 먹듯이 하고

절망해 본 덕분에 희망의 그림자라도 기다립니다.

속 태우다 속 터지고 속상해지지만

읽다가 덮어 버린 책이 몇 시간째 애태우며

주인의 손길을 하염없이 기다립니다.

어둠을 밝히려고 자기 몸을 태우는 촛불은

어디선가 불어오는 침묵에도 불꽃을 흔듭니다.

골머리를 앓게 만드는 시험지는

촛농이 타들어 가도 아랑곳하지 않고

정답을 적막함에 가둔 채 하늘만 쳐다봅니다.

당신은
깨질지언정

더러워지지 않는
한 방울의 이슬입니다

당신은 참고 견디다 터지는 한 곡절의 기쁨의 노래이자
나도 모르게 받아쓰는 한 구절 비탄의 시입니다.

당신은 입어도 결코 만족할 수 없는 한 벌 그리움의
옷이자
쉽게 가시지 않는 한순간의 서글픔이 몰고 온 어둠의
그림자입니다.

당신은 햇볕을 향하는 나무의 의지이자
희망 때문에 절망을 견디는 절벽의 소나무입니다.

당신은 차마 눈 뜨고 볼 수 없는 저녁노을의 황홀함이자
눈이 부실 정도로 바라보기 힘든 일출의
경이로움입니다.

당신은 나뭇잎 한 장 다 담아낼 수 없는 아쉬움이자

풀밭이 담고 있는 시인들의 절규입니다.

당신의 시침에 꽂혀 아픔을 호소하는 마네킹의
비탄이자
그럼에도 불구하고 미소로 위장하는 서러움입니다.

당신은 폭설에 새겨진 추억의 발자국이자
휘몰아치는 바람이 몰고 오는 절박한 소식입니다.

당신은 추위에도 아랑곳하지 않고
긴 밤을 지새우는 영롱한 이슬방울이며
아침을 향해 비장의 꿈을 포기하지 않는 찬 서리입니다.

당신은 바람을 타고 몰려오는 파도 소리의
안타까움이며
받아 주지 않아도 변치 않은

마음으로 굽히지 않는 애처로운 고백입니다.

당신은 이른 아침 흐르는
강물의 외로움을 달래는 새벽안개이자
한낮의 열기를 식히며 떠도는 구름의 무상함입니다.

당신은 들판의 야생화 사이에서 하늘로 향하는
몸부림이자
밤하늘이 별이 애타게 기다리는 처량한 새벽입니다.

당신은 허둥지둥 일어나 엉겁결에 움직이는 발길이자
허겁지겁 한 끼를 때우기 위해 안간힘을 쓰는
애처로움입니다.

당신은 때를 기다리다 참지 못하고
피었다 찬 서리 맞은 놀라움이자

아무 생각 없이 머뭇거리다 바람이 밟고 지나간
발자국입니다.

당신은 정신없이 하루를 보내다 어둠이 몰고 오는
야경이자
심연의 바다에서 생각을 거듭해도
깊이를 알 수 없는 막막함입니다.

당신은 아등바등 올라가도
도달할 수 없는 허공의 미래이며
내려가도 만날 수 없는 암담한 현실입니다.

당신은 보내고 싶어도 번지수를 알 수 없는 미지의
주소이며
아무리 기다리며 열어 봐도
만날 수 없는 어둠 속의 소식입니다.

당신은 지워도 지워지지 않는

연필 자국의 외로운 절망이며

읽어 봐도 이해하기 어려운 행간의 아우성입니다.

당신은 누가 연주해도

한목소리를 내지 않는 변화무쌍한 악보이며

아무나 범접할 수 없는 슬픈 카리스마의 향연입니다.

당신은 찬란하게 피었지만

언제 질지 모르는 동백꽃이며

새봄의 시작을 알리려는

개나리의 꿈틀거리는 합창입니다.

당신의 된장국에서 피어나는

냉이의 은은함이며

소고기 국밥 속에서도 자기 본분을 다하는

국물의 은근함입니다.

당신은 고요와 적막 사이를 오고 가는
빈자리의 허망함이며
비바람과 눈보라에 흔들리는
나뭇가지의 처연한 외침입니다.

당신은 오도 가도 못하는
진퇴양난의 딜레마가 주는 긴장감이자
그럼에도 가능성의 실마리를 던져 주는 전주곡입니다.

당신은 엄동설한에도 시들지 않고
버텨 내는 국화꽃의 절박함이며
면도날로도 벨 수 없는 맨살의 마지막 항거입니다.

당신은 상처 부위를 어루만지며

새살을 돋우는 치유의 손길이자

치부도 거리낌 없이 드러내는 아름다운 용기입니다.

당신은 햇볕이 지나가다

소식을 남기고 떠나는 빨랫줄의 흔들림이며

아침을 기다리다 지쳐 풀잎 위에 위태롭게 머무는

한 방울의 이슬입니다.

당신은 피곤함의 이불을 덮고

이 밤을 지새우는 눈부신 달빛의 애잔함이며

앞이 보이지 않아도 앞으로 날아가려는 새들의 힘겨운

날갯짓입니다.

당신은 손 내밀어도 잡을 수 없는

출렁이는 파도의 새하얀 거품의 허망함이자

다가서면 물러서서 잡을 수 없는 안타까운

뒷걸음질입니다.

당신은 쌀 한 톨이 품고 있는 자연과 우주의 섭리이자
천둥 번개와 비바람을 이겨 내고 고개 숙인 벼 이삭의
겸손함입니다.

당신은 책을 펼치자 우연히 나타나는
인두 같은 문장의 뜨거운 심장이자
험난한 세상을 불평불만 없이 걸어가는 신발의 결연한
의지입니다.

당신은 언제 추락할지 모르는 고드름의 위태로운
망설임이자
가을비에 젖어 흐느적거리며
갈 곳을 잃고 기다리는 낙엽의 소리 없는 처절함입니다.

당신은 깨질지언정 더러워지지 않는 한 방울의
이슬이자
이슬이 무겁게 내리눌러도 쉽게 꺾이지 않는 도발적인
버팀목입니다.

당신은 무자비한 불구덩이에서도 쉽게 태울 수 없는
절연체이자
그럼에도 고집스럽게 기쁨을 찾아 쉽게 굴하지 않는
애씖입니다.

당신은

마른 나뭇가지에서도

낯모를 기쁨입니다

꽃을 피우는

평생을 그늘 속에서 숨어 살던 이끼 한 포기
새벽이슬 기다리며 밑줄 그어진 한 문장에게
참을 수 없는 신경쇠약의 산골 생활을 이야기해도
당신은 어설픈 흉터라도 보듬어 주는 낮은 숨결로
남았으면 좋겠습니다.

힘겹게 언덕을 오르는 리어카 한 대
그 위에 실린 폐품 기타가
찬바람에 울리는 서글픈 선율에도
당신의 아픈 과거가 실려 오지 않기를 기도합니다.

정처를 알 수 없는 아득한 곳에서
어디로 갈지 모르는 두려움을 머금고
물길을 따라 흐르던 물살에
잠시 햇살의 온기가 전해졌어도
당신은 놀라지 않고 목적지를 잃지 않기를 기도합니다.

무수한 오해의 젖을 빨며
서늘한 찬 기운을 머금고 주인을 기다리던
한 잔 술의 정적에도
살갗을 비벼 대는 애처로움이 담기지 않기를
기도합니다.

밤잠을 설치며 신음하던 새벽녘의 적막이
골목을 헤매며 수소문하던 나그네 발자국을 만나
우연히 밟힌 흩날리던 지푸라기조차 무시해도
당신은 세월의 무상함에 상처받지 않았으면
좋겠습니다.

세찬 비바람에도 엉거주춤 버티다
새벽 찬 기운을 머금고 바닥에 떨어진 감에게
앙상하게 말라붙은 나뭇잎 하나가 말을 걸어도
당신은 멋쩍은 내색이라도 보여 주지 않기를

기도합니다.

가을 단풍이 형형색색 물들여 연정을 품어도
소식 없는 안타까움에 몸을 떨던 우체통이
온종일 내리는 비에게 비애 섞인 애통함을 말해도
물컹한 서글픔에도 견뎌 내는 내공이 당신에게
생겼으면 좋겠습니다.

하루 종일 동분서주했던 발자국이
지친 얼굴로 피곤함을 감춘 채 이불을 덮으려 하자
체념한 저녁 반찬이 마른 눈물로 하소연을 해도
당신의 하루는 서늘한 따뜻함의 문장으로 간직되기를
기도합니다.

노을의 낭만에 한눈팔려 물끄러미 바라보다
시야를 가리며 잠시 머물던 먹구름 한 점이

난해한 위치에서 어둠으로 변신하여 급습한다고 해도
오늘 당했던 매옴한 이별의 사연은 허공에 날렸으면
좋겠습니다.

찬 기운을 머금은 겨울비가 처마 끝에서 사정없이
떨어지고
떨어지다 놀란 낙엽 한 장 비바람에 흩날리는데
불만으로 가득 찬 커피 한 잔이 세월을 한탄해도
당신은 소금도 설탕으로 바꾸는 변신술사가 되기를
기도합니다.

하루 종일 방 안에 갇혀 있던 사소한 흐느낌이
빈자리를 찾아 머뭇거리는 사이
느닷없이 들이닥치는 불청객과 마주쳐도
당신은 흐릿한 추억마저도 그리움의 편지에 담아내면
좋겠습니다.

섣부른 소망과 결탁하거나 야합을 해도
희망은 오지 않는 미래를 붙잡고 사투를 벌이는데
기울어진 서산의 해는 절망의 뒤안길로 사라지기 직전
당신은 그럼에도 뒷걸음치는 낙망보다 낙관으로
살아가기를 기도합니다.

하루해가 저무는 퇴근 무렵 뒷모습이 다가와
아침에 데리고 온 그림자의 주린 고민을 묻는 사이
창밖을 지나던 헛기침 소리에 종적을 감춘다고 해도
당신은 식은 밥상에서도 온기를 잃지 않았으면
좋겠습니다.

깊어 가는 밤의 적막에 내려앉은 무거운 사연이
흐릿한 혈관 사이로 흘러가는 낮은 힘겨운 고뇌를
만났지만
어느 사이 문 닫고 갈 길을 잃은 침묵의 메뉴판이

방황을 해도

당신은 한 많은 눈가에 눈길을 보내 주는 따뜻한 손길이

되기를 기도합니다.

한 의문부호가 품은 심각한 의심이 그 깊이를 모르고

있을 때

단 한 번도 속시원한 대답을 해주지 못한 마침표가

나타나

의심에 휩싸인 의혹의 화살조차 밝히지 못한다고 해도

당신은 물음표가 품은 문제의식을 존중해 주면

좋겠습니다.

세상만사 지나가는 이야기로 질척이며 풀어내던 농담이

자기 몸도 가누지 못할 정도 촌음을 다투던 불구의

시간을 만나

불온했던 한순간의 꿈이 품은 추억을 절름거리며

이야기해도
당신은 각성의 흔적을 찢어진 추억의 한 페이지에
담아내기를 기도합니다.

해독하는 방법을 동원해도 해석되지 않는 순간과 순간
알 길이 없는 침묵과 고독이 사이를 메꾸는 시간
실오라기 하나 걸치지 않은 소음이 불현듯 날아들어도
당신은 소음도 전율하는 소리로 번역하는 언어를
가졌으면 좋겠습니다.

가까이하기엔 너무 먼 형용사 형님들이
정체를 모르는 수많은 명사를 만나
상상 초월의 변신을 약속한다는 흥정이 오고 가도
당신은 탕진된 감각으로 허기를 달래는 오솔길이
되기를 기도합니다.

당신은

'살'이 떠맡은 책임으로

살아가는

'살림'의 예술가입니다

몰아치는 눈보라에 삭풍은

나뭇가지마다 무거운 안부를 묻고

소나무 가지 안간힘 쓰며 버티는 소리에

당신의 시린 정강이가 떨림을 감추며

곁을 지키던 추위가 위태롭게 고드름에게 안부를

전합니다.

폭염이 아스팔트 위에 춤을 추고

언덕 위에 버티다 구르는 돌멩이가

땀 흘리며 구르는 소리에

당신의 지난여름 힘든 신음이 더해져

우울한 저녁의 세레나데가 멀리서 손길을 내어 줍니다.

거미줄에 걸린 나방 한 마리

창공을 날던 자유는 어디론가 사라지고

비바람에 젖은 날개 한쪽이 구부러지며

생의 마지막 유언을 남기는 소리에
당신의 한 많은 삶의 한 페이지가 실립니다.

혜성처럼 달려드는 자동차 속도를
터널이 집어삼키며 힘겨워 하는 소리에
당신이 겪어 온 슬픔의 온도가 차갑게 내려가며
시간의 두께를 덥히고 있습니다.

푸른 파도 등지고
하얀 거품 섞어 먹던 고등어 숨소리에
등 푸른 시간 익어 가는 당신의 농밀한 순간이
머뭇거리며
주마등처럼 매달려 어둠을 토해 내고 있습니다.

오랫동안 내 체중을 받쳐 주던 의자가
더 이상 버티기 어려워 내는 삐걱거리는 소리에

당신의 의지(依支)하고 싶은 욕망이 새벽을 잉태하며
의지(意志)도 머리가 아니라
심장에서 뛰고 있음을 알았습니다.

우연의 그물에 걸려 허우적대던 절망이
구름 한 점 뒤에 숨겨진 희망을 찾는 소리에
당신의 어둠이 몰고 온 땅거미가 머뭇거리며
하소연으로 응답하고 있습니다.

등 뒤에 가려진 포옹하려는 떨리는 마음이
품에 안기는 순간 전율하며
온몸으로 퍼지며 흐느끼는 심장박동 소리에
당신의 진실한 울먹임이 시간의 연못에 머물며
하루 종일 진한 여운을 뿜어 올립니다.

하늘을 향해 활짝 온몸을 만개했던

동백꽃 한 송이가

떨어지기 직전 지축을 흔들며 흐느끼던 비명 소리에

당신의 아쉬움이 깊은 그림자를 남기며

아련하게 앞길을 가로막습니다.

알밤을 품고 앙다물고 기다리던 밤송이가

때를 맞이한 듯 바람에 떨어지는 소리에

당신의 아련한 꿈이 거꾸로 비상하는

시간의 모서리를 빗대어 맞춰 봅니다.

근근이 매달리며 겨우 붙어 있던 단풍잎 한 장

눈보라 무게에 떨어져

낮은 포복 자세로 엎드려 흩날리는 소리에

당신의 몸속에 갈아 넣은 얼룩과 무늬가

한순간을 만끽하며

씨실과 날실로 엮여 이중주를 들려줍니다.

제 몸을 견디지 못해

추락으로 상처 입은 사과 하나

과일 가게에서 덤으로 팔려 가며 새어 나오는 소리에

당신이 받은 상처가 물음표를 던지며

뭉게구름처럼 하늘을 날고 있습니다.

슬픔의 무게를 견디지 못하고 흐르는 눈물이

움푹 파인 눈주름을 만나

삶의 길목에서 내는 한숨 소리에

당신의 괴로웠던 엇갈림의 시간들이 화답하며

세월의 무게를 견디지 못하고 화들짝 놀랍니다.

수심 가득한 시간이 가던 길을 멈춰 서서

끝없이 쏟아지는 소나기의 돌팔매질하는 소리에

직선주로 끝에서 당신의 숨 가쁜 곡선이 에둘러 말하며

세상을 품어 왔던 다정한 속내가

속 깊은 넋두리를 털어놓습니다.

기울어진 채 책장을 지키던 한 권의 책이
불편한 자세를 유지하다
절도를 잃어버리고 터져 나오는 아우성에
당신의 손 위에 얹힌 책의 밑줄 친 한 문장이
긴장감을 풀며 행간을 뚫고
바람에 날려 졸음을 떨쳐 버립니다.

백색의 땅 위를 기어가며 글자를 줄 세우던 펜이
사무친 그리움 한 조각 부르며 맞이하는 소리에
당신의 새벽을 밝혀 가며 소환했던
풀잎에 맺힌 새벽이슬도 위태롭게 다음을 기약합니다.

꽃샘추위에 떨던 개나리꽃 뿌리가
언 땅 위로 흐르다 스며드는 얼음물에 닿는 소리에

갈 길을 잃지 않으려고 애간장을 녹이며 발버둥 치는

당신의 아스라한 감정의 물결이

스쳐 지나가는 바람을 붙잡고 하소연을 연주합니다.

사이에서 살아가는 차이가

어느 날 길거리에 나섰다가 흐느끼며 내는 소리에

거리가 멀어질수록 귀머거리가 되기 전에

거리가 가까워질수록 욕지거리가 나오기 전에

섬뜩한 온기가 온몸을 감싸며 내뱉는

당신의 한마디는 한평생을 살아가는 위로입니다.

삶의 무게를 짊어지고도 걷지도 못하고

일생 동안을 주인의 마음 따라 달리던 타이어가

긴장감을 멈추는 사이

고요히 토해 내는 숨죽이는 소리에

당신의 살아갈 길이 어둠에 싸인 채

차마 뒤돌아보지 못하고 서성거리며
기다림으로 응답할 뿐입니다.

살림의 무게만큼 굽히는 인생
문전박대해도 육박전으로 겪어 내며
자기 생을 꽃피우겠다는 '살'이 떠맡은 책임,
살림이 살 떨림으로 변하며 터지는 소리에
당신의 흔들리는 중심은 뿌리를 흔들며
파묻히는 흙 속에서
다음 생의 실낱같은 희망가로 다가섭니다.

당신은
아픔을 구름에 가린

더 아름다운 상처입니다

24

상처 주는 내 말을 당신은

꽃 떨어지고 열매를 맺듯 받습니다.

아픔과 슬픔의 얼룩이 무늬처럼 빛나기만을

기원합니다.

나는 당신에게 아픈 추억만 남겨도 당신은

슬픔 속에서 자라는 사랑의 의미를 되새깁니다.

'그럼에도'라는 섬에서 피는 꽃이기를 소망합니다.

나는 당신을 눈물과 번뇌의 시간만 주어도

당신은 나를 여전히 사랑의 눈으로 바라봅니다.

'사랑했다'가 아니라 '사랑한다'는 말로 기억되기를

소망합니다.

소낙비를 맞고도 물가에서 떨고 있는 버드나무 가지가

바람에 흔들려 온몸을 떨고 있습니다.

바라만 보아도 애처롭습니다.

가을의 처량한 낭만이 낙엽에게 안부를 묻습니다
가끔 불어닥치는 바람에 엎치락뒤치락
어디로 갈지 모르는 불안감은 여전합니다.

만추가 남기고 간 시간의 무게를
견디지 못한 은행나무가 샛노랗게 질린
은행잎을 허공에 날립니다.
지나온 세월의 무게를 온몸으로 감당해 봅니다.

불타는 단풍도
나무가 맞이하는 제2의 봄이라고 합니다.
곤경의 아픔도 풍경으로 탈바꿈되는
제2의 봄이 오기만을 고대하고 기원합니다.

앞산이 먼 산을 바라보며 먹구름을 부릅니다.
어딘가에 숨어 있을 해님을 향한 그리움의 끝은 없고
어둠이 이불을 덮어 주어도 서러움의 온도는 올라가지
않습니다.

흐르는 강물을 가로지르는 다리 위로
밤하늘을 지켜 내던 달도 오늘 밤은
빨갛게 질린 얼굴로
레드 문(Red Moon)을 만들었습니다.
눈물겹게 앓음다운 순간의 추억입니다.

비참해지지 않기 위해 활자의 바다를 건넙니다.
비천해지지 않기 위해 읽던 책도 마저 읽습니다.
비애를 잊기 위해 산책도 잊지 않고
스치는 바람에 오늘 만난 단어를 실어 보냅니다.

수많은 책을 읽었지만

처량한 가을의 낭만을 멈추게 할 수 없고

서글픈 마음을 흐르는 강물에 씻어 보낼 수 없습니다.

위태롭게 떠 있는 밤하늘의 별 하나 딸 수 없고

먼동이 터오는 새벽의 안간힘도 멈추게 할 수 없습니다.

절망이 간절하게 길을 물어도

어떤 문장이 처절하게 단어를 찾아 나서도

대답 없는 하소연이 하품만 합니다.

하염없이 흐르던 눈물도 잠시 멈춰 섰지만

그리움의 밤길은 더욱 깊어만 갑니다.

몸에 스며든 고통의 얼룩에 수많은 주석을 달아 봤지만

그 의미의 심연은 알아낼 길이 없습니다.

행간에 숨어 있던 의미의 바다를 건넙니다.

문장 계곡 사이로 흐르는 침묵의 통곡은

어둠의 바다를 헤엄치며 더 높이 하늘을 날고 있습니다.

여전히 쓰고 싶은 문장은 문 앞에서 서성거립니다.

어디선가 시도 때도 없이 날아드는 비수의 날갯짓은

살아 내려는 안간힘의 힘줄을 붙잡고

아등바등 사투를 벌입니다.

저녁으로 향하는 시간의 화살은

눈치 보지 않고 오늘도 속도만 높입니다.

어려운 시기를 함께 건너온 우리들에게

세상도 무심하지 않다면

지금까지 가장 아름다운 이름,

'우리'라는 이름이 침묵의 아우성으로 들릴 수 있는

그날이 무한 반복되기를 간절히 애원합니다.

칼 베듯 다가왔다 사라져 가는 가을의 낭만과 함께

울음으로 알린 당신의 오늘,

'울음 뒤에 웃음'이 온다는

어느 시인의 깨달음의 흔적처럼

앞으로 살아갈 날을

가장 눈부시게 시작하는 지금 이 순간이 되기를

기원합니다.

당신은
여운이

페이지마다 감도는
바람의 여행자입니다

오십이 처음인 사람에게

오십이 오늘 만나자고 합니다.

오십의 아름다움이 온통 글이 될까 봐

생업이 오십인 사람이

외로움의 전 재산을 걸고 그가 살아온

가난함과 험난함을 외로움의 촉수로 애무하며

중년의 그리움에 안타깝게 매달립니다.

건드리면 아무 데서나 세레나데가 울리고

한 편의 시로 승화되다

몸이 움직이면 영혼도 따라 움직이고

모든 족적이 다 음악이고 그림인

당신은 아직도 삶에 대해선 숙제 검사를 받는

저학년입니다.

여전히 험담하는 비난의 화살에 상처받고

의견이 맞지 않는 사람을 만나면

뚜껑이 열리는 일 부지기수,

기분대로 풀리지 않으면

허공을 향해 무언의 메아리를 날리기도 하고

투정하는 자식과 투쟁하는

철부지 인생은 끝을 모르고 이어집니다.

틈날 때마다 가방 한가득 어휘를 싣고

롤러코스터를 타고 오르내렸지만

당신이 느낀 외로움은 언어로 포착되지 않고

갖은 노력을 다해도 그물망 사이로

하염없이 빠져나가 버린

절망과 희망의 언어로

얼룩진 행간에서 오늘도 의미를 채굴합니다.

낙엽에 쌓인 그리움이 추위에 떨어도

추억으로 한동안을 버티며 살아왔고
폭설에 새겨진 아쉬운 발자국이
휘몰아치는 바람에 지워져도
새벽 찬 이슬 맞으며 땅바닥에 엎드려
그 자리를 지키는 족적에 희망을 겁니다.

누가 입을지도 모르는
생각의 옷을 입은 언어들이 동맥을 타고 흐를 때
반평생의 삶은 피로써 울분을 토하며
얼룩을 무늬로 만듭니다.

빨랫줄에 걸린 옷가지에 바람을 타고
지나가던 서글픈 소식들이 어김없이 오늘도
가지가지 사연으로 매달려 있습니다.
얼마나 외로운 사연 많이 품었으면
무거움을 참지 못하고

구름은 비가 되어 땅으로 곤두박질치겠습니까.

중년이 되면 강물이 훑고 지나간
모래알의 그리움을 긁어내
어루만져 줄 비법을 알 수 있을 것이라고 착각했지만
새벽이 찬 이슬 앞에 머뭇거리다 먼동이 터 옴을
시로 번역해 내는 경이로운 작법을
구름에 달 가듯 자연스럽게 포착해 낼 수 있을 것이라고
여러 번 착각하는 인생을 반복해서 살아 냅니다.

쟁반에 맴돌던 달밤의 낭만이
소나무 가지가 속삭이는 연서와 만나
세상에서 가장 감동적인 사랑의 싹을 틔우는 순간이
매 순간 다가올 줄 알았지만
중년이 되어도 하늘이 품고 있는
변덕스러운 생각에 조응하는

명령을 따를 수 있을 정도의

혜안과 안목은 여전히 오리무중입니다.

당신은 쓰다 남은 메모장에 적힌

그리움 한 조각이고

찢어진 노트에 담긴

서글픔 한 페이지라서

펼치면 시공간이 오십 세 인간을 만난 얼룩과 무늬가

씨줄과 날줄로 아직도 직조됩니다.

당신은 오르락내리락 우여곡절의 전반전을 뛰고 나서

한눈팔고 딴짓하다 바라본 구름 한 점이고

거기에 기꺼이 기록을 거부하는

비애 한 권의 서글픔이 주변을 서성거리다

방황과 배회가 쓰다 남긴 긴 산문 시인입니다.

당신의 내공은 한두 문장으로 압축되거나 요약되지
않고
양극단의 스펙트럼에서 중심을 잡으려 안간힘을 쓰다
어느 한쪽으로 쏠린 상식과 신념의 종합 선물
세트입니다.

처절함과 처연함 사이에서
처참함을 느끼지 않으려고 안간힘을 쓰다가
어딘지 모르는 중간 간이역에서
당신의 발걸음은 잠시 쉽니다.

숱한 역경에 부딪혀 넘어지고 자빠져도
자기다움으로 다듬어지는 아름다움에 언어는
이미 항복을 선언하고 잠복근무 중이고
고독이라는 옷을 입은 단벌 신사에게
외로움이 느닷없이 습격해서 잠시 머물다 만난

냇물을 건너가는 별들의 향연입니다.

철부지 매미가 울음을 멈추고
묵묵히 밥을 나르던 그리움이 한나절 머물다
하품만 토해 내던 나른한 오후가
갑자기 자기 본분을 망각하고
잠시 중간에 멈춰 서서 항의하는 것도
당신이 입장이 되고 나서야 처음 겪어 보는 난국입니다.

비록 오락가락 가랑비가 내려도
그 비의 끝에는 날씨조차 잠시 자신을 잊어버리는
희망의 광채에 온몸을 떠는 전율이 엄습해도
낯선 생각을 잉태한 글자들이
낯선 물음표를 품고 세상으로 나갈
출산 일만 손꼽아 기다립니다.

기다림에 지친 글자들이

며칠째 밤샘 시위로 피곤함에 젖어 있고

내 숨결을 채집해 세상 살아가는

지혜의 연료나 원료로 쓰겠다고 다짐해도

인간의 힘으로 해석이 불가능한

새벽이슬 한 방울에 담긴 자연의 섭리도

경건한 마음으로 배울 수 있는 문이 열리지 않습니다.

삭풍 때문에 수직으로 하강하지 못하고

불어닥치는 바람을 타고 사선으로 떨어지는 눈발처럼

중년은 지향하는 대로 방향이 결정된 적이 거의 없고

시선은 앞을 향하고 있지만

걸음걸이는 언제나 휘어진 사선이거나 곡선입니다.

에둘러 말하는 언어로 휘갈긴 바람의 엽서에는

힘겨운 숨소리와 기침 소리가 저음으로 깔려 있고

마음으로 눌러쓴 그 엽서의 글씨는
마음씨가 몇 겹의 포장지를 덮고 누워 있어서
우여곡절의 터널을 빠져나온 경험이 없는
새벽의 찬 서리에게는 해독 불가능한 문자입니다.

폭풍우나 비바람에게 묻고
먹구름 속에 숨어 있는 태양에게 물어봐야
흐릿한 글씨가 품은 속뜻을 알아낼 수 있다지만
당신은 모든 책의 페이지마다
우여곡절의 악보로 채워진
한 권의 책을 밤새 온몸으로 읽어도
다 읽지 못하고 여운이 페이지마다 감도는
불멸의 습작입니다.

저마다의 사유로 작별을 고하고
이별을 경험한 씁쓸한 당신은

새벽이 다가와도 잠이 오지 않고

창문을 두드리는 빗방울에 시름을 희석해

샛별을 위한 아침을 준비해도

숱한 작별과 이별에 애도의 뜻을 표하지 않습니다.

마음속에 간직한 사전을 펼쳐 놓고

단어들이 품은 의미를 선별하며 문장을 건축해 보지만

여전히 언어는 하늘을 날며 허공에 펀치를 날릴 뿐

아직도 난해한 상형문자로 건축되어 있는 세월의

문장은

며칠 밤 지새우며 세상의 언어로

옷을 갈아입고 부단히 신출귀몰하며

어제와 다른 의미를 잉태합니다.

비바람에 꺾인 채 통증을 호소하는 관념이

나뭇가지를 붙일 수 없고

늙음을 속이지 못하고 헛기침하는
어르신의 아픔을 치유할 수 없는 까닭은
관념은 바닷가에 객사(客死)한 모래알이고
땡볕에 힘없이 죽어 가는 들국화의 쪼그라듦이기
때문입니다.

관념이 땀을 만나지 못하고
침을 흘리기 시작하면
돌이킬 수 없는 치열한 앎이 아니라
치명적인 암으로 전락하며
어떤 의심도 의문의 화살을 품고
활시위를 떠나지 않는 이상
과녁을 맞힐 수 없는 평범한 진리를
당신은 아직도 알지 못합니다.

고통에 끊임없이 주석을 다는 시간을 보내도

상처 입은 짐승이 방향감을 상실한 채 뛰어다니는
것처럼
당신은 내면의 아픈 기억을 보듬어 어루만지고
새벽 공기가 엄습할 때까지 몸부림치며
행간의 의미를 밝혀 보려는 어리석은 여행객입니다.

겨울이 와도 떨리는 문풍지만 바라보는
그림자의 애처로운 눈빛이
석양의 어둠에 가려져도
당신은 달력만 바라보다 불현듯 만난
초침의 빠른 째깍거림보다
조금 느긋한 분침 위로
더 여유롭게 자기 반경을 그리며 살아가는 시침에게
깨우침을 얻는 나이입니다.

신체가 감각하며 흐느끼는

관능적 에로스가 포물선을 그리며

하강 곡선을 그리다가도

갑자기 과거가 환생되어 현실로 발돋움하는

편견이 가로막고 편리가 지름길을 알려 줘도

굳이 불편한 행복을 찾아 위험한 길을 나서는

위험을 밥 먹듯이 먹고사는 사람이 바로 당신입니다.

신체가 움직이며 만나는 모든 공간의 추억이

시간을 매개로 환생하는 모습을 상상하며

하루를 보내고 내일을 걱정하지만

지나가는 바람결을 벗 삼아

추억의 한 페이지를 장식하려는 안간힘 속에서

오늘도 당신은 내일을 살아갈 힘과 용기를 얻습니다.

밤새 내린 된서리에도 아랑곳하지 않고

한낮은 열기를 그리워하는 이름 모를 풀잎의

가냘픈 미소에도 주목하려고 애쓰지만

몇 시간째 허공을 떠다니며

헐벗은 하늘의 부끄러움을 가리는

먹구름의 느닷없는 소나기 꿈에도

당신은 가던 길을 멈추는 찰나적 다정함을 보여 줍니다.

달빛에 목욕하며 새벽이슬을 머금은

물안개를 만나 밤새 작곡한

새벽의 환상 교향곡을 들려주어도 듣지 않고

당신은 뒷굽이 다 닳은 고독한 신발을 신고

여전히 갈 길이 먼 다급한 마음 억누르며

다시 분발하려는 바람의 여행자입니다.

중년의 행복은 관념이나 정신을 앞세우거나

그것이 발목을 잡는 판단을 하도록 내버려두지 않는 것,

비록 악조건이지만 지금 몸으로 밀고 나가면서

불확실한 상황을 맞이하는 육신이
정신을 압도하는 가운데 체득하는 과정에서 빛납니다.

지혜의 불빛을 밝히는 것,
앉은자리에서 수많은 변수를 시뮬레이터에 집어넣고
사고실험을 반복하면서 앞으로의 행동을
어떻게 전개할지 계획하는 것이 아니라는 걸
중년이 되고 나서야 깨달았어도 다행이고 축복입니다.

관념과 추상, 이념과 통념이 지배하는
중년은 불행하고
관념이 통제하는 오십은 아프며
검토가 갈 길을 막는 오십은 한심하고
다리가 떨리는 오십은 불쌍하며
만날 친구가 없는 오십은 불안하고
갈 곳이 없는 오십은 답답합니다.

당신은

머리가 심장으로 들어간

열정적인

질문입니다

지금까지의 생이 아픔과 슬픔이

씨줄로 날줄로 직조된 얼룩과 무늬라면

그런 생에게 따뜻한 입맞춤해 주며

헐벗은 옷 갈아입혀 따뜻한 온돌방에

잠재우고 싶은 마음을 견디다 못해 몇 줄 쓴 시,

그게 내 삶의 절규였음을 증명해 주고 싶었습니다.

비바람을 등지고 안간힘을 써 가며

간신히 켜진 성냥불에 주변이 잠시 밝아진 틈을 타서

돌아온 지난 생의 어둠을 잠시 잊고 싶은 게

당신의 작은 소망임을 뒤늦게서야 깨닫고

몸부림을 칩니다.

농익어 가는 중년의 가슴 속엔

한 많은 눈물방울들이 어둠의 이불을 덮고

체온을 보존하며 중얼거리는 말,

생(生)은 사는 게 아니라 살아 내는 것이며

아파하는 울부짖음 속에서도

저녁노을이 부르는 어둠을 맞이하는

아련한 그리움이이라고 오늘도 당신은

어둠의 적막에게 침묵으로 아우성칩니다.

바람 타고 쓸려 간 상처 속의 신음도

내 인생 악보를 구성하는 찬란한 슬픔의 화음으로

재생시켜

곤경 속에서도 풍경을 낳는 상상력으로

잉태시켜 출산하려는 당신의 의도를

지금에서 깨닫는 서글픔이 앞을 가립니다.

당신은 지나가는 바람을 붙잡아 노래를 만드는 작곡가,

떠도는 구름이 남긴 얼룩으로 무늬를 그리는 화가,

흔들리는 나뭇가지가 하고 싶은 말로 문장을 건축하는

소설가,

아스팔트를 뚫고 지상으로 용솟음치는

한 포기 풀의 찬가를 언어로 번역하는 시인입니다.

당신은 어떤 풍경으로 그려 내도

화폭에 담을 수 없는 그림이며,

여전히 시인을 기다리며 그리움에 젖은 시심이고

연인을 만나기 사흘 전부터 심장이 떨리는 설렘이며,

대중 연설을 앞두고 청중을 기다리는 연사의

긴장감이고

자식을 떠나보내고 물끄러미 바라보는 뒷모습에

울컥하는 부모님의 애틋한 사랑입니다.

당신은 찰나의 충동에도 귀를 기울여 들어보며

뛰는 가슴에게 대책을 물어보지 않고

쏟아지는 폭우에도 갈 길이 멀다는

핑계를 끌어오지 않고 밖을 향하는 열정적인 질문으로
계산하는 머리를 이기는 심장박동의 몸부림입니다.

얼음장 속의 시냇물이 노래하는 까닭은
한겨울에도 새봄을 찬양하는 희망가라고 착각하고
수시로 타오르는 뜨거운 가슴이지만
차가운 이성에게 가끔씩 길 안내와 통제를 받아야 할
나이,
하지만 얼음을 녹여 버리는 열정이
여전히 얼음 위에 군림하는 이성을 이끌고 가는
나이임을
인정하지 않고 세월의 흐름에 맡겨 버리는 당신의
지혜가
여전히 매력을 넘어 마력으로 작용하는 까닭입니다.

중년은 관념이 신념을 지배하기 전에,

고리타분한 경험의 덫이 사기 충천한 결심을

희석시키기 전에

먹구름 속에서도 태양을 상상하는 시기이고

할까 말까 망설이는 주저함이

과감한 실천을 가로막기 전에

다가오는 파도에 몸을 던지는 결단의 다른 이름입니다.

어둔 시절을 상상하며

끊임없이 출렁거리며 부는 바람에

몸을 맡긴 파도처럼 흔들리는 삶 덕분에

세상을 뒤흔드는 냉철한 영혼을 넘어서는

예능과 관능이 삶을 이끌어 가는 동인임을

깨달은 뒤에도 당신의 발걸음은 허공을 헤맵니다.

당신은 정열의 울타리로 불확실한 미래를 꿈꾸고,

열정의 도가니로 불안한 미지의 세계로 몸을 던지며

욕망의 울타리로 현실을 살아가지만
절망을 뒤집어 희망의 텃밭으로 만드는 역전의
명수입니다.

당신은 니체를 읽다가 주식에 투자하고
소크라테스를 읽다가 뱃살을 걱정하는 신경세포가
거미줄처럼 뒤엉켜 서로가 서로에게
무슨 생각하는지 알 수 없는 불가사의의 전형입니다.

당신은
진저리로
진리를 출산하는

지식 산모입니다

당신은 모순과 절망의 깊이로

상처의 깊이를 잠재우는 삶의 예술화를 꿈꾸고

노동의 괴로움 덕분에

사고의 높이를 구축하는 소설을 쓰며

시련과 역경의 뒤안길에서

절치부심의 이불을 덮고

새벽을 맞이하는 시인이 되고 싶은 사람입니다.

당신은 한때는 '잡것'이었지만

잡다한 고된 노동 경험을 감동의 경전으로 뒤바꾼

사람이고

'역경'을 뒤집어 색다른 '경력'으로 만든 '작가'이며

평범한 '보행'을 비범한 '행보'로 뒤바꾼 역전의

명수이자

'진저리' 속에서 '진리'를 발견,

자신을 휘어잡는 본질적 욕망의 물줄기로

거친 인생의 파도를 건너가는 여행자입니다.

당신은 지금 침을 흘리며
변덕스럽게 흔들리는 추종자로 살아가지 않고
땀을 흘리는 변화를 통해 세상을 뒤흔들며
감동과 감탄으로 살아가는
이 시대의 추월자입니다.

당신은 지금 남의 인사이트(Insight)에 중독되어
인스턴트(Instant) 인생을 살지 않고
나의 인사이트(Insight)를 개발하며
어제와 다른 마주침을 얻기 위해
아웃사이트(Outsight)를 추구하는 삶의 개척자입니다.

당신은 지금 남의 성공 비법에서
편법을 찾지 않고

땀 흘리며 창조한 나의 성공 비법으로

고유한 자기만의 노하우를 개발하는 방법 개발

전문가입니다.

당신은 지금 고유한 작품,

자기만의 일생 이론을 개발하기 위해

뜨거운 다짐과 대단한 결심,

완벽한 준비와 철저한 계획,

적극적인 검토와 깊은 숙고보다

과감한 실천과 지루한 반복으로

세상을 바꾸고 나를 바꾸는 여정에

몸을 던져 미지의 세계로 여행을 떠나는 탐험가입니다.

당신은 지금

책도 읽지 않고 책을 쓰려는 사람이 많은 이상한 나라,

SNS의 인사이트를 매일 보며 인스턴트 성공에 매몰되는

사람이 많은 사회,

시간이 날 때마다 도파민을 급등시키는

영상만 보면서 비상하지 못하고 이미지에 한눈팔려

환상을 꿈꾸는 사람들이 기하급수적으로 늘어가는

시대에

일침을 날려 깨우침을 던져 주는 각성제입니다.

당신은 지금

손발이 움직이지 않는 자기 계발을 계속하지만

'자기'는 '계발'되지 않고 자기 착취를 거듭하며

자아가 탕진되는 악순환의 반복에 반기를 던져

성공에 이르는 '거리 단축'의 노하우보다

살아가는 '의미 함축'의 근거를 찾아

자기만의 언어로 번역하는 문장 건축 노동자입니다.

당신은 땀에 젖은 몸으로 밝혀낸 어둠 속의 출구에서

남다른 시선과 관점으로

미궁에 빠져드는 자신을 끈질기게 붙잡고

파고들어 이해하려는 간절한 바람과

절실한 시도를 오늘도 즐기는 시대의 예찬자입니다.

당신은 흔들리는 갈대가 온몸으로 바람의 언어를

번역하듯

낯선 관문을 열어가는 첫 질문을 던져

무뎌져 가는 감각과 언어적 관성을 흔들어 깨우는

질문술사입니다.

당신은 폭설이 새겨진 아쉬운 발자국이

휘몰아치는 바람에 지워져도

새벽 찬 이슬 맞으며 엎드려

그 자리를 지키려고 안간힘을 쓰며

뭔가를 쓰기 위해 책으로 음악을 들려주려고

또다시 애쓰는

안타깝지만 처절한 작가입니다.

당신은 앎의 상처는 새로운 앎을 위한 흉터가 되고

흉터는 한 사람의 파란만장한 역사가 된다는 사실을

믿고

상처 위에 피는 꽃의 향기가 진하고 찬란하며

파란만장한 삶이라야 파란을 일으키는

문장을 쓸 수 있다고 믿는 바람의 시인입니다.

당신은 누군가에게 감동을 주는 작품은

시샘과 질투를 먹고 자란 머리의 산물이 아니라

눈물을 머금고 흘린 피땀 어린 노력이

반복되는 가운데 찾아오는 몸의 성취라고 주장하는

언어의 연금술사입니다.

당신은 다른 사람의 성공 '비법'이나 인사이트는

나에게 '편법'이거나 일시적인 인스턴트 자극일 뿐이며

다른 사람이 알려주는 지름길은

나에게는 지름길로 '절대로(絶對路)' 다가오지 않음을

믿고 실천하는 아이러니스트입니다.

당신은 다른 사람의 '성공 지도'에는

나의 '생각 지도'가 들어 있지 않으며

'생각지도' 못한 '생각 지도'는

'생각지도' 못한 일을 당해 봐야 비로소 그려지는

시행착오의 산물임을 증거하는 실천적 리더입니다.

당신은 '손가락'만 움직이며

남의 성공 비법에 침 흘리는 자기 계발은

개 발과 소발에 지나지 않으며

순간적으로 '폭발'하는 감정만 '만발'하고

헛된 야망만 '남발'할 뿐이라고 설법을 전파하는

이 시대의 비정상적인 역전의 명수입니다.

당신은 '손발'을 움직이며 땀 흘리는 자기 계발만이
습관성 자기 계발 활동을 멈추게 하고
누군가의 성공 비법에 휩쓸려 떠내려가지 않게 막아 줄
방패막이자 버팀목이 될 수 있음을 주장하는
도전과 열정의 아이콘입니다.

세상을 변화시키는 사람은
손가락을 움직여 다른 사람의 정보에 접속,
휩쓸려 떠내려가기보다
손발을 움직여 자기만의 고유한 서사를 창조하며
삶의 주인임을
몸소 증명하는 삶의 혁명가입니다.

당신은 '하물며' 속에 담긴

'하소연'입니다

늑대는 평생을 일부일처제로 살아가며

새끼를 낳아도 공동육아로 더불어 살아가는데

하물며 사람은 사랑하는 사람과

사소한 일로 말다툼을 일삼으며

서로에게 깊은 상처를 주는 비난의 화살을 날리면서도

잘못을 뉘우치지 않는 몰염치는 어디서 배운 것일까?

새벽도 희망을 잉태하기 위해

어제부터 어둠의 이불을 덮고 사투를 벌이는데

하물며 사람은 절망이 온몸을 파고드는 절벽 앞에서도

좌절하지 않고 과감하게 용기를 발휘하여

걸림돌도 디딤돌로 바꾸는 지혜는 어디서 나오는

것일까?

매 순간 떠오르는 얼굴 중에서도 수시로

오래전에 끊어진 인연을 생각하는데

하물며 가까이 지내는 관계 속의 끈끈한 사람도
관심을 덜 갖고 애정의 손길을 보내 주지 않으면
인간관계는 넘을 수 없는 경계로 바뀐다는 사실을
우리는 왜 빨리 간파하지 못하는 것일까?

끼니마다 숟가락과 젓가락이 밥 먹는 그릇과
부딪치는 소리에도 음악이 들리는데
하물며 바람이 지나가다 나뭇가지를 흔드는
천상의 음악을 우리는 왜 듣지 못하고 소음에
시달리는 일상을 반복하며 살아가는 것일까?

모든 사람의 아픔은 자기 몸으로 겪은
처절한 고통이라서 그걸 설명할 수 있는 언어가
부족한데
하물며 극심한 통증으로 생사를 넘나들며
처절한 사투를 벌이는 사람의 견딜 수 없이

아픈 심정은 무슨 언어로 번역해 낼 수 있을까?

특별한 문제의식 없이 생각나는 대로 휘갈겨 쓴
문장에도
저자가 살아오면서 고뇌했던 흔적이 얼룩으로 남는데
하물며 무엇을 쓰고 싶은지 분명하지 않은 상태에서
백지 위에서 눈물겨운 사투를 벌이는 사람의 얼룩에는
얼마나 심오한 무늬가 담겨 있을까?

깊이 파고들어 집중하고 몰입해서 단어와 문장에 담긴
의미의 껍질을 캐내려고 해도 이해가 되지 않는데
하물며 건성으로 읽으면서 대충 생각하는 독서로
행간에 담겨 있는 숨은 의미를 발굴해 내려는
의도 자체는 너무 헛된 망상은 아닐지.

바람에 흔들리면서 뿌리째 뽑힐 수도 있는

나무는 한순간도 긴장의 끈을 놓지 않고
노심초사하는데
하물며 모든 순간을 꽃봉오리로 피우기 위해
애간장을 녹이며 피곤한 하루를 보내는 사람들의
고달픈 심정은
어떤 방법으로 위로해 줄 수 있을까?

모든 나뭇잎도 불타는 단풍으로 제2의 봄을 맞이하고
있는데
하물며 나이를 먹는 게 아니라 익어 가는 중년은
모든 역경을 뒤집어 경력으로 만드는
제2의 봄을 맞이하지 말라는 법은 없지 않은가?

소낙비의 비장함에도 나뭇가지는 꺾이지 않고
어떤 비바람도 제풀에 꺾여 가던 길을 멈추지 않는데
하물며 이른 봄에 찾아와 뿌리째 흔들며

온몸을 떨게 만드는 꽃샘추위는

꽃대를 더욱 뿌리 깊이 뻗게 하려는

'꽃 세움' 바람이라는 사실을 우리는 왜 모르고 있을까?

나뭇가지가 저마다의 방향으로 뻗어 나가도

절대로 다른 나뭇가지에게 피해를 주지 않는데

하물며 다른 사람에게 심지어 해를 끼치면서까지

자기 이익을 극대화하려는 염치없는 행동은

어떤 자기 합리화로도 방어할 수 없는 몰인격적인

처사가 아니고 무엇일까?

나무는 씨앗이 바람에 날아가다 떨어지면

자리 탓을 하지 않고 그곳에서 일생을 목숨 걸고

살아가는데

하물며 태어난 자리가 불행하다고 불평불만을 털어놓는

사람의 자세야말로 나무만도 못하지 않은가?

어둠 속에서 아파하는 모든 생명체는

저마다의 눈물로 얼룩진 사연이 있는데

하물며 긴 시간 견딜 수 없는 아픔을 호소하며

과거와 단절하는 결단을 내리려는

사람의 아픈 심정은 오죽하겠는가?

계란 두 알을 깨뜨려 뜨거운 프라이팬에 올려 놔도

노른자는 섞이지 않고 흰자끼리는 어깨동무를 하는데

하물며 관심사가 다른 사람이라고 할지라도

어울리되 하나가 되지 않으려는 화이부동의 철학은

우리 모두가 지켜 내야 할 인간적 희망의 연대가

아닐까?

바람에 넘어져도 바람보다 먼저 일어서

다시 바람을 맞이하려는 풀들도 의지를 보여 주는데

하물며 한두 번 넘어지고 자빠졌다고 좌절의 늪에서

헤어 나오지 못하는 사람이 둘러대는
변명과 핑계는 무슨 의미가 있을까?

혹한의 추위와 함께 혼자서는 견딜 수 없는 바람이
불어올 때
펭귄들은 동료들과 둥글게 스크럼을 짜고 빙빙 돌면서
추위를 견뎌 내는 연대감을 발휘하는데
하물며 힘든 일을 앞두고 솔선수범하며 리더십을
발휘하는 가운데
한계에 도전하는 두려움을 온몸으로 받아들이는
리더십의 뒤안길은 어떻게 헤아릴 수 있을까?

하늘이 주관하는 일에도
가끔은 치명적인 실수나 실패가 일어나는 법인데
하물며 불완전한 사람이 만들어 가는 일상사는
예측할 수 없는 우연한 변수들을 모두 다 사전에

통제하며

실수를 미연에 방지하는 건 불가능한 일 아닌가?

봄부터 여름까지 힘들게 매달렸다 불타는 단풍을

선물로 준 나뭇잎은 욕심을 버리고 땅으로 돌아가는데

하물며 태어나서 죽을 때까지 나눔보다 소유와 쟁취에

혈안이 된 인간의 탐욕은

무엇으로 비난받아야 마땅할까?

뜨거운 에스프레소 커피 한 잔은 자기보다

더 뜨거운 물과 섞여 아메리카노를 만들어 내는데

하물며 한여름의 뙤약볕을 탓하며 땀 흘리는 노동을

참지 못하고 불평불만을 늘어놓는 사람들의 하소연은

무슨 논리로 변명을 면할 수 있을까?

모든 강물도 아래로 흘러가며 세상을 배우고

가장 낮은 바다에 모여 다시 비상을 꿈꾸는데
하물며 낮은 자세로 세상의 지혜를 배우려고 하지 않고
시간이 날 때마다 높이 올라가
일확천금을 꿈꾸는 사람은
물처럼 살지 않고 결정적인 순간에 물먹을 가능성이
높지 않을까?

누군가는 위급함을 무릅쓰고 필사적으로 호소를 했는데
갈급한 목소리가 무시당한 사건을 보고
'하물며'는 오랜만에 거품을 물고 하소연하고 있지만
세상에는 여전히 하품이 더 많이 살아가며
느닷없이 나타난 '더군다나'가 설상가상의 지옥을
만듭니다.

당신은 거처할 곳이 없는

아랑곳없음입니다

폭염의 날씨가 한낮을 습격하고

소나기가 갑자기 세상을 뒤덮어도

아랑곳없이

개미는 먹이를 물고 자기 집으로 사투를 벌이며 끌고

갑니다.

숨 막히는 폭염이 허공을 날아다녀도

아랑곳없이

매미는 한여름의 허공을 가르는

시끄러운 합창을 그치지 않습니다.

불현듯 몰아닥친 꽃샘추위에도

아랑곳없이

때를 모르고 새순을 틔운 나뭇가지는

산들바람에 몸을 맡긴 채 세상을 노래합니다.

갈 곳을 잃고 허공을 방황하는

파리의 날갯짓이 눈앞의 시야를 가려도

아랑곳없이

미동하지 않은 채 낮은 포복 자세로 엎드린

개구리는 아른거리는 먹이를 노려봅니다.

세찬 비바람이 몰아치며

거미줄을 뒤흔드는 불안감에도

아랑곳없이

거미는 귀 기울여 먹이가 오는 소리를

일촉즉발의 자세로 귀담아듣습니다.

갑자기 천둥과 번개가 몰아치는

한낮의 공포와 지나가는 바람을 붙잡아도

아랑곳없이

까치는 세상에서 가장 안락한 안식처를 짓는

건축가로 변신을 거듭합니다.

불타는 단풍이 꽃으로 변신하는
가을의 변덕과 낭만에도
아랑곳없이
저녁노을은 몰려오는 어둠에 지친
나머지 작별 인사도 없이 산 너머로 사라집니다.

나뭇잎 한 장에 쓰인 우주의 메시지가
아우성치는 몸부림에 전신이 떨리고 있음에도
아랑곳없이
낙엽은 정처를 잃고 가을바람에 흩날리다 찬 바닥에
엎드려 뒤척인다.

폭설에 새겨진 추운 발자국이
휘몰아치는 야속한 바람에도

아랑곳없이

새벽을 손꼽아 기다리며 기억의 흔적을 아로새깁니다.

이른 봄부터 꼿꼿하게 드넓은 광야를 지키던

벼가 힘겨워 고개를 숙이는 겸손에도

아랑곳없이

잠자리는 그 위에 앉아 가을 연가를 연주하느라

무거운 선율을 쏟아 냅니다.

밤사이 이불도 없이 추위에 떨던

차디찬 이슬이 먼동의 온기에도

아랑곳없이

잎사귀에서 곡예를 펼치던 사마귀가

젖은 날개로 비상을 준비합니다.

한낮의 열기를 품은 파도가

끊임없이 허리를 때리는 통증에도

아랑곳없이

바닷가 바위는 자신의 사랑 고백을 외면하는

파도의 거절에 새까맣게 속이 타들어 갑니다.

밤새 쉬지 않고 걸어 내려온

강물의 하소연과 고달픈 고백에도

아랑곳없이

새벽안개는 마지막 남은 몸의 온기로

강물을 덮어 주고 오늘 읽을 책장을 넘깁니다.

거대한 수레바퀴 기계가 자기 몸을 가누지 못한 채

굉음을 내면서도 돌아가도

아랑곳없이

잠시라도 쉴 수 있는 틈새에 끼어 앉아

책을 바라보는 눈빛은 차라리 서글프기만 합니다.

사전을 불태워 재가 된

언어를 취하도록 마셔도

아랑곳없이

다음 문장에 써야 할 단어는

여전히 오리무중에서 정처 없이 헤맵니다.

산적한 고민을 책 속에 집어넣고

해결해 달라는 아우성에도

아랑곳없이

책장 속의 문장은 벌써 몇 시간째 누워서

깊은 수면에 빠져 빠져나오지 못합니다.

절망으로 얼룩진 구름 사이로

미소 짓는 태양의 시름에 젖은 얼굴에도

아랑곳없이

행간에 흐르는 저자의 숨결을 느껴 보기 위해

눈길은 문장 위를 어루만지며 길을 만듭니다.

시침에 꽂힌 등판의 아픔도 잊고
부동자세로 버티는 긴 시간의 고통에도
아랑곳없이
마네킹은 지나가는 사람들의 시선을
사로잡기 위해 쓴웃음을 짓습니다.

하루 종일 세찬 사막의 파고를 넘나들다
힘에 짓눌린 어깨에도
아랑곳없이
낙타는 작열하는 태양빛의 무게가
더 실려도 표정 하나 변하지 않고 사막을 건넙니다.

온갖 핑계가 난무하고 하기 싫은 이유가
장벽을 만들고 있어도

아랑곳없이

무거운 몸을 이끌고 '철'을 들으러

짐(gym)으로 간 사람은 아직도 '철'이 들지 않습니다.

하늘이 무너지는 절박한 상실감과

앞이 보이지 않는 난국에도

아랑곳없이

지금 여기서 오늘을 사는 사람들 덕분에

나도 현재(present)라는 선물을 받습니다.

'아직' 살아갈 날은 남았고

'이미' 살아온 추억 사이에서 배우는 하품의 희망에도

아랑곳없이

아직 오지 않았다는 안도감과

이미 지나가 버렸다는 절망이

자기주장을 굽히지 않고 싸웁니다.

당신은

우리 시대의

역설(逆說)을

역설(力說)하는 항거입니다

빛의 속도로 나누는 '정보'는 많아지지만
나의 체험적 '지식'을 나누는 기회는 사라집니다.
범람하는 '정보'는 도처에 떠돌아다니지만
진정한 깨달음을 주는 '지혜'는 상실됩니다.

중요하고 급한 내용을 더 빨리 주고받는 SNS는
많아지지만
소중하고 가치 있는 내용을 의미심장하게 공유하는
만남은 실종됩니다.
더 많은 정보를 얻으려는 욕심(慾心)은 늘지만
내 심장을 뛰게 만드는 욕망(慾望)은 점차 상실됩니다.

이기고 지는 게임의 법칙과 기술은 배웠지만
침묵으로 가려진 아픈 상처를 보듬어 주는 치유는 배운
적이 없습니다.
따뜻한 만남으로 치유하고 힐링하려는 마음보다

논쟁을 통해 상대보다 우위에 서려는 마음이
앞서갑니다.

목적지에 도달하는 속도는 빨라지지만
목적지까지 가는 여정에서 즐기는 순간의 여유는
없어집니다.
목적지로 가는 수많은 간이역에 살아가는 즐거움이
널려 있지만
평범한 일상에서 맛보는 행복의 밀도는 얇아집니다.

소통의 '양(量)'은 날로 늘어나지만
소통의 '질(質)'은 날로 퇴보합니다.
소통의 빈도(頻度)와 속도(速度)도 늘어나고 빨라지지만
소통의 강도(强度)와 밀도(密度)는 약해집니다.

메신저 친구는 늘어나지만

마음을 터놓고 허심탄회하게
인생을 이야기하는 친구는 줄어듭니다.
만나자는 사람은 많아지지만
정작 만나고 싶은 사람은 줄어듭니다.

불특정 다수와 주고받는 메시지는 늘어나지만
체험적 깨달음이 담긴 메시지를 나누는 시간은 더욱
줄어듭니다.
소통하는 데 더 많은 시간을 할애하지만
정작 소중한 사람과 소통하는 시간은 줄어듭니다.

순간적 욕망을 자극하는 영상 메시지는 폭발적으로
증가하지만
일평생 사유의 샘물이 될 수 있는 인두 같은 한 문장은
줄어듭니다.
삶을 더 편하고 쉽게 살아가는 수단과 방편은

늘어나지만

불편한 삶 속에서도 진정한 행복을 누리는 가르침은

실종됩니다.

근사한 집은 늘어나고

아파트 평수도 넓어지지만

따뜻한 정담이 오고 가는 가정은 줄어듭니다.

밖에서 먹고 마시며 수다 떠는 시간은 늘어나지만

집에 들어가 즐거운 마음으로 가족과 나누는 대화

시간은 줄어듭니다.

다양한 분야를 발전시키는 '기술(技術)'은 날로

발전하지만

반드시 지켜야 할 매너나 '기본(基本)'은 날이 갈수록

무너집니다.

'기본(基本)'을 지키지 않으니

'기분(氣分)'은 더욱 나빠집니다.

과시욕에 물들어 '인맥(人脈)'을 구축하려는
노력은 더 많이 전개하지만
진심으로 상대를 존중하는
'인격(人格)'은 날로 격하됩니다.
결과적으로 인맥은 넓어지지만
'치맥'보다 치명적인 인맥은 더 많이 형성됩니다.

자기만의 깨달음을 담았다고 생각하는 영상은
늘어나지만
다름과 차이를 통해 배우려는 사람은 줄어듭니다.
분노와 적개심으로 손 좀 봐야겠다는
'앙심(怏心)'의 댓글은 늘어나지만
'진심(眞心)'으로 상대를 응원하고 격려하는 댓글은
줄어듭니다.

덩달아서 '진심(眞心)'으로 손잡아 주는 '소통'보다
'사심(邪心)'으로 '소탕(掃蕩)'하려는 불온한 의도가
부각됩니다.

분쟁이 빈번해지면서 가슴에 박히는 못은 많아지지만
박힌 못을 빼내는 따뜻한 관심과 배려는
그 어디에서도 찾기 어렵습니다.
속 깊은 대화를 나누며 가까워지기보다
상처받으며 속상해지는 경우가 점점 더 많아집니다.

생명을 위협하는 '권총'도 있고 '따발총'도 있지만
세상에서 가장 치명적인 총은
눈빛에 적개심을 품은 '눈총'입니다.
총으로 생명을 위협받는 사람보다
눈총으로 마음에 상처를 입는 사람이 더 많아집니다.

다른 사람과 싸우면서 뭔가를 쟁취하고
'소유(所有)'하는 법은 배웠지만
따뜻한 가슴으로 나누고 공감하는
'소양(素養)'은 점차 잃어갑니다.
일방적으로 자기주장만 펼치는 경우가 많아지다 보니
대화는 단절되고 관계 사이에는
넘을 수 없는 경계가 생깁니다.

논리적으로 '설명'하고 이해시키는 방법은 발전하지만
감성적으로 '설득'하고 공감하는 미덕은 사라집니다.
머리로 이해는 가지만 여전히 골치 아픈 일은 쌓여 가고
가슴으로 공감하며 감동하는 일은 줄어듭니다.

문제를 해결하는 전문가와 처방전은 많아졌지만
오히려 문제는 설상가상으로 악화일로에 있고
대증요법적 처방전은 날개를 답니다.

문제를 일으킨 사람과 싸우면서

분노와 패배감은 늘어가지만

문제와 싸우면서 문제를 해결할

대안과 혜안은 종적을 감춥니다.

사고 싶은 상품은 날이 갈수록 많아지고

사고 싶게 만드는 광고나 홍보는 욕망을 자극하지만

사면 살수록 살아 내려는

의욕과 희망을 절망의 나락으로 떨어지고

나의 철학과 혼을 담아내는 작품은 온데간데없습니다.

목적지에 더 빨리 도착하는 방법은 더 많이 제시되고

목표도 더 많이 달성하고 있지만

또 다른 목표가 목표 달성 욕망을 자극하고

목숨조차 위협하는 성과주의와 능률 지상주의는

더 강렬해집니다.

몸에 좋은 음식은 더 많이 먹고

건강에 좋은 음료도 더 많이 마시지만

몸은 예전보다 나빠졌고

몸에 좋다는 약도 더 많이 먹지만

건강은 예전보다 더 나빠집니다.

경제 논리를 설명하는 경제학은 더 정교해지고

기업 경영의 노하우를 제시하는

경영 혁신 기법은 더 많이 제시되고 있지만

세계경제는 불황의 늪에서 빠져나오지 못하고

기업은 더 심각한 위기와 난국에서

빠져나올 혜안을 찾지 못합니다.

교육 문제와 역기능을 설명하는

교육학과 교육학자는 더 많아지지만

교육 현실과 현장은 더 많은 문제가 발생하고

더 정교한 해결 대안이 빈번하게 제시되고 있지만

문제는 해결되기보다 또 다른 문제를 일으키며

아픈 부위를 치유하기 위한 또 다른 수술을 기다립니다.

자식 공부와 미래를 걱정하는 학부모는 많아지지만

자식의 개성과 재능을 존중하고 배려하는

부모는 줄어듭니다.

먼 미래를 향한 원대한 꿈과 비전을

품으라는 학부모는 많아지지만

주어진 현실의 아픔에 공감하고

이웃을 살피라는 부모는 줄어듭니다.

학력은 높아지고 고급 지식은 많이 배웠지만

삶의 작은 문제를 해결하는

생활의 지혜는 배우지 못합니다.

단기간에 돈을 벌어 일확천금을 노리는

노하우는 더 많이 제시되지만

번 돈으로 행복하게 살아가는

삶의 진리와 미덕은 뒷전으로 밀려납니다.

먼 거리를 다녀오는 기술은 발전했지만

길거리를 거니는 사람들의

평범한 삶을 이해하는 예술은 실종됩니다.

바깥세상을 정복하는 성공 스토리와 기교는

날로 늘어나지만

내면으로 파고들어 나를 만나는 길은 막힙니다.

서두르고 허둥지둥하는 시간은 많아지지만

느긋하게 기다리며

나를 성숙하게 만드는 시간은 없어집니다.

뭔가에 도전할 수 있는 기회는 늘어나지만

편하게 살아가는 얄팍한 유혹의 손길에

속수무책으로 당하는 사람도 많아집니다.

자기 주장을 역설하는 사람은 많아지지만
타인의 주장에 귀를 기울이며
자기 주관으로 비판적 대안을 제시하는 사람은
줄어듭니다.
당신은 시대의 담론을 근원적으로 따져 보고
새로운 가능성의 문을 여는 역설(逆說)을
역설(力說)하는 깨어 있는 지식인입니다.

사랑하세요,

당신의 전부를 걸고*

이 글은 임헌우의 《스티브를 버리세요》(나남출판, 2014)에 나오는 〈사랑하세요, 전부를 걸고〉에서 얻은 아이디어를 바탕으로 썼음을 밝힙니다.

사랑한다는 것은

누구에게는 자기 삶의 전부를 고백하는 용기이고,

누구에게는 자신의 치부를 드러내는 힘겨운

결단입니다.

누구에게는 과거의 슬픔을 다시 건드리는 문제이고

누구에게는 그럼에도 불구하고

자신을 다시 한번 거울에 비춰 보는 성찰의 시간입니다.

사랑한다는 것은

세상을 향한 간절함과

사소한 눈빛의 차이를

눈치채는 것입니다.

우리가 공부하는 여정도 상대의 아픔을

현실 언어로 번역하면서 사투를 벌이며

적확한 문장을 완성해 나가는 애쓰기입니다.

사랑하지 않는 사람은

대상이나 사람에 대해 관심이 없고

알려고 노력하는 호기심이 발동되지 않습니다.

어제와 오늘의 미세한 일상의 차이를

알려고 애쓰지 않습니다.

오늘과 내일의 바람과 구름의 변화에 대해

관심도 물어보지도 않습니다.

사랑하지 않는 사람은

나의 경험과 주장이 얼마나 편협한지,

무심코 던지는 한마디에 얼마나 많은

비난의 화살이 꽂혀 있는지를 눈치채지 못합니다.

옳다고 믿는 신념도

통념과 고정관념으로 얼룩진

편견이 될 수 있다는 걸

기꺼이 알아내려고 고민하지 않습니다.

사랑하는 일은

내가 좋아하지 않는 일도 기꺼이 수용하는 일이며

주어진 일에 본분을 다하는 의무의 이행이자

다가오는 일에도 회피하지 않고 맞장구치는 일이며

나로 인하여 서로가 성장하고 성숙할 수 있는 일을

기꺼이 감당하며 함께 걸어가는 일입니다.

사랑한다는 것은

하루의 지나감은 또 다른 하루가

어제와 다르게 펼쳐질 꿈이 있음을 믿는 일이며

고단한 하루가 반복되어도

어제와 같은 하루는 영원히 반복되지 않는다는

신념을 가슴에 품고 걸어가는 가슴 뛰는 보행입니다.

사랑하는 사람에게

사람은 영원히 답할 수 없는 질문이며

언제 만나도 낯선 마주침으로 다가오는 방문객이자
기쁨이 샘물이 가시지 않는 경이로운 기적이며
만나는 순간마다 순식간에 지나가는 안타까운
설렘입니다.

진정으로 사랑하는 사람이 보내는 시간은
초침과 분침이 돌아가는 움직임조차 가슴 뛰는
음악이며
더 이상 빨리 흘러가지 말았으면 좋겠다는 간절한
바람이자
지금 이 순간의 마주 봄이 설렘과
그리움의 물결로 승화되기를 염원하는 기도입니다.

사랑하는 사람에게 시간은
누구나 경험하는 물리적이고 객관적인 시간이
아닙니다.

사랑하는 사람에게 시간은

다시 돌이킬 수 없는 소중한 순간의 연속이며

영원히 만날 수 없는 황홀한 감동이

온몸을 휘감는 감탄과 경탄의 선물입니다.

사랑한다는 것은

멀리서 관망하거나

제3자의 입장에서 관조하는 거리 두기가 아니라

작은 일에도 깊은 관심과 애정으로

파고들어 가 함께 나누는 열정이며

사소함 속에서도 위대한 의미를 발견하는 탐구입니다.

사랑한다는 의미는

나와 마주 보고 있는 사람이 함께

발을 딛고 서 있는 주어진 현실을

정면으로 마주하고 올곧이 응시하는 일입니다.

서로의 대화를 가로막는 껍데기를 걷어 내고
속 깊은 내면으로 함께 파고들어 가는 것입니다.

그래서 따뜻한 가슴으로 만나 사랑한다는 것은
혼자로서는 도저히 견딜 수 없는 일을
기꺼이 꺼내 놓고 함께 머리를 맞대고 묘안을 찾아보며
감당할 수 있는 대안을 찾아 나서는 여정입니다.

사랑은 관념이나 추상명사가 아니라
우리가 일상에서 함께 살아가는 보통명사이며
매일매일 실천하며 살아가는 동사입니다.
그러니 온몸으로 사랑하세요.
사랑은 생각한다고 이루어지지 않고
말로 한다고 다가오지 않습니다.

먼 미래만 꿈꾸지 말고

지나간 과거를 붙잡고 후회하는 일 대신에

지금 당장 내가 할 수 있는

지금 여기서의 경이롭고 황홀한 순간에

목숨을 걸고 사랑하세요.

사랑은 불가능도 가능하게 만드는 혁명이자

한 사람의 운명조차 바꾸는 위대한 출발입니다.

사랑할 시간도 얼마 남지 않았습니다.

지금 바로 내 삶의 모든 것을 사랑하세요.

KI신서 13220

인생이 시답지 않아서

1판 1쇄 인쇄 2025년 1월 9일
1판 1쇄 발행 2025년 1월 17일

지은이 유영만
펴낸이 김영곤
펴낸곳 (주)북이십일 21세기북스

인생명강팀장 윤서진 **인생명강팀** 박강민 유현기 황보주향 심세미 이수진
표지 디자인 김윤우 푸른나무디자인
출판마케팅팀 남정한 나은경 최명열 한경화 권채영
영업팀 변유경 한충희 장철용 김영남 강경남 황성진 김도연
제작팀 이영민 권경민

출판등록 2000년 5월 6일 제406-2003-061호
주소 (10881) 경기도 파주시 회동길 201(문발동)
대표전화 031-955-2100 **팩스** 031-955-2151 **이메일** book21@book21.co.kr

ⓒ 유영만, 2025
ISBN 979-11-7357-000-1 03810

(주)북이십일 경계를 허무는 콘텐츠 리더

21세기북스 채널에서 도서 정보와 다양한 영상자료, 이벤트를 만나세요!
페이스북 facebook.com/jiinpill21 **포스트** post.naver.com/21c_editors
인스타그램 instagram.com/jiinpill21 **홈페이지** www.book21.com
유튜브 youtube.com/book21pub

서울대 가지 않아도 들을 수 있는 **명강**의! 〈서가명강〉
'서가명강'에서는 〈서가명강〉과 〈인생명강〉을 함께 만날 수 있습니다.
유튜브, 네이버, 팟캐스트에서 '서가명강'을 검색해보세요!